*Perlen der*
*LUST*

MARIE GRAY

# *Perlen der LUST*

Aus dem Amerikanischen
von Bärbel Arnold

Bild EROTIK-BIBLIOTHEK

Die Originalausgabe STORIES TO MAKE YOU BLUSH. SEVEN NAUGHTY TALES erschien 1999 bei Guy Saint-Jean Éditeur, Laval (Québec)

*Umwelthinweis:*
Dieses Buch wurde auf chlor- und
säurefreiem Papier gedruckt

2. Auflage
Lizenzausgabe des Wilhelm Heyne Verlags
in der Verlagsgruppe Random House GmbH, München,
für die BILD-Erotik-Bibliothek 2006

Printed in Germany 2006
Druck und Bindung: GGP Media GmbH, Pößneck
ISBN-10: 3-453-69906-8
ISBN-13: 978-3-453-69906-9

http://www.heyne.de

# Stadtlichter

»Das war's! Die letzte Kiste!«

»Mir reicht's auch langsam.«

Steve wischte sich geistesabwesend eine Schweißperle weg, die ihm die Schläfe hinunterlief.

»Glaubst du wirklich, wir bleiben hier länger als ein Jahr?«

»Wir werden sehen ... Jetzt müssen wir erst mal weitermachen. Wir haben noch jede Menge zu tun!«

Wieder ein Umzug, der dritte in drei Jahren. Steve und ich waren schon seit längerem auf der leidigen Suche nach einem perfekten Zuhause. Unser Traum war, in ein eigenes Haus zu ziehen, doch da Steve in eine andere Stadt versetzt worden war, waren wir übereingekommen, dass wir wohl noch eine Weile auf die Verwirklichung unseres Traums würden warten müssen. Also hatte ich optimistisch und voller Begeisterung drei Monate systematisch die Stadt durchkämmt und gehofft, diese »perfekte Perle« zu finden, irgendeine schöne Wohnung, in der wir eine Weile leben konnten, bis wir so weit waren, uns ein kleines Haus auf dem Land zu suchen. Und jetzt hatte ich trotz der frustrierenden und erfolglosen Sucherei das Gefühl, am Ende doch noch die Traumwohnung gefunden zu haben.

Die Wohnung hatte mir auf den ersten Blick gefallen. Nachdem ich mir wochenlang falsche Hoffnungen gemacht, falsche Fährten verfolgt und endlose Besichtigungen hinter mich gebracht hatte, war ich beinahe so weit gewesen, die Suche abzubrechen. Doch dann hatte ich an einem ganz normalen Morgen ohne große Hoffnung die Zeitung durchgeblättert und stieß auf eine Anzeige mit dem Wortlaut: »Herrliche Wohnung, stadtnah und so ruhig wie auf dem Land. Gutes Preis-Leistungs-Verhältnis«. Da ich bereits tonnenweise ähnlich lautende Anzeigen gelesen hatte, hätte ich diese um ein Haar übersehen, doch irgendein seltsamer Instinkt trieb mich dazu, es doch zu versuchen, und bevor ich mich versah, hatte ich den Hörer in der Hand, wählte die angegebene Nummer und vereinbarte einen Besichtigungstermin.

Als ich vor dem Gebäude stand, wuchs meine Begeisterung. Was ich sah, gefiel mir auf der Stelle, und als ich die Wohnung erst einmal von innen sah, war ich absolut hingerissen. Sie entsprach genau unseren Vorstellungen. Zum einen befand sie sich im obersten Stockwerk eines zwanzigstöckigen Hochhauses, was schon mal die Gefahr bannte, dass einem zu allen Tages- und Nachtzeiten irgendwelche Lärmgeister über dem Kopf herumtrampelten. Zum anderen war das Gebäude kreuzförmig angelegt, das heißt, es gab pro Flügel nur eine Wohnung, und in der Mitte war der Fahrstuhl, was den großen Vorteil hatte, dass wir nicht ständig die Streitereien unserer Nachbarn und deren Lieblings-Fernseh-Shows mithören mussten. Was für eine Freude! Und das waren bei weitem noch nicht alle Vorteile, die die Wohnung zu bieten hatte. Das Wohnhaus lag inmitten eines schönen Parks, durch den man herrlich flanieren konnte, ohne sich irgendwelchen Gefahren auszusetzen, denn der Eingang wurde rund um die Uhr bewacht. Und schließlich und endlich – was für ein unglaubliches Glück – war die Miete in Anbetracht der Größe und Lage der Wohnung auch noch extrem günstig. Folglich würden wir nicht allzu tief in die Tasche greifen müssen. Das Haus war gerade verkauft worden, und die neuen Eigentümer wollten so schnell wie möglich alle Wohnungen vermieten. Deshalb hatten sie vernünftigerweise die Mieten gesenkt und würden sie vermutlich auch nicht erhöhen, bevor sie ihr Ziel erreicht hatten. Also packten wir die Gelegenheit beim Schopf – das heißt, ich packte die Gelegenheit beim Schopf. Ich war so sicher, dass Steve genauso begeistert sein würde wie ich, dass ich ihn erst, als er die Wohnung mit eigenen Augen gesehen hatte, damit überraschte, dass wir den Mietvertrag bereits in der Tasche hatten. Ich hatte richtig gelegen: Er war genauso angetan wie ich.

Selbst am Tag unseres Umzugs ließen wir uns unsere Freude nicht verderben, obwohl wir total erschöpft waren und es das übliche Theater um allen möglichen Kleinkram gab. Was wir bisher von unserer neuen Umgebung gesehen hatten, gefiel uns ausgesprochen gut, und unsere Etagennachbarin hatten wir auch schon kennen gelernt. Sie hieß Diane, und wir fanden sie beide durchaus charmant – Steves bewunderndem Blick auf ihren riesigen Busen nach zu urteilen vielleicht ein bisschen zu charmant.

Wir mussten vier Tage lang bis zum Umfallen schuften, bis wir endlich das Gefühl hatten, »eingezogen« zu sein. Für den Umzug hatten wir uns beide Urlaub genommen, und ich fand, dass das Ergebnis unserer Anstrengungen unsere Erwartungen bei weitem übertraf. Die riesigen Fenster hatten uns zunächst einige Probleme bereitet. Die Wohnzimmer- und Schlafzimmerfenster waren so groß, dass unsere alten Vorhänge nicht annähernd passten, doch als wir auch diese Schwierigkeit gelöst hatten, waren wir mit unserem neuen Zuhause mehr als zufrieden, und die überdimensionalen Fenster boten einen derart spektakulären Blick, dass sich der Extraaufwand auf jeden Fall gelohnt hatte.

Am vierten Abend in unserer neuen Wohnung aßen wir zum ersten Mal bei Kerzenschein. Es schmeckte wunderbar, und wir unterhielten uns in angenehmer Atmosphäre. Als wir fertig waren, lockte uns die Aussicht auf eine wohlverdiente Entspannung hinaus auf unsere herrliche Terrasse, wo wir ein bisschen frische Luft schnappen wollten. Der Juliabend war warm und mild, und eine sanfte Brise umschmeichelte angenehm unsere Haut. Von der Hitze, die uns ein paar Wochen später zu schaffen machen würde, war noch nichts zu spüren; es war einfach ein herrlicher lauwarmer Sommerabend, und es lag ein berauschender Duft in der Luft.

Wir hatten sämtliche Lampen in der Wohnung ausgeschaltet, sodass wir den einzigartigen Nachtblick von unserer Terrasse unbeeinträchtigt genießen konnten. Tief unter uns pulsierte die Stadt, die mit ihren flackernden Lichtern irgendwie etwas Surreales hatte. Der Straßenverkehr floss beinahe lautlos dahin, und von unserer Nachbarwohnung drangen die sanften Klänge von Bluesmusik zu uns herüber. Endlich konnten wir den Stress der vergangenen Tage vergessen und glücklich und zufrieden die Stille unseres neuen Zuhauses genießen. Unsere Nachbarin hatte all ihre Türen und Fenster weit geöffnet, um die frische Nachtluft hereinzulassen. Wir konnten zwar nicht verstehen, was in der Wohnung gesprochen wurde, doch wir hörten deutlich eine männliche Stimme.

»Pech gehabt«, neckte ich Steve. »Sie scheint schon vergeben zu sein.«

Steve lächelte und rückte mit seinem Stuhl näher an mich heran. Dann legte er liebevoll den Arm um meine Schultern und strich mit seinen geübten Fingern sanft durch mein Haar. Ein paar Minuten später ging im Schlafzimmer unserer Nachbarin ein gedämpftes Licht an. Erst jetzt bemerkten wir, wie sie das Vorhangproblem gelöst hatte: Sie hatte einfach gar keine aufgehängt.

Wir wollten zwar nicht neugierig sein, konnten aber nicht umhin festzustellen, dass ihre zuvor für uns unsichtbaren Schlafzimmerwände nahezu vollkommen mit Spiegeln ausgekleidet waren. Da das Fenster fast so groß war wie die Wand, in die es eingelassen war, ließ sich dieses besondere Ausstattungsdetail kaum übersehen.

»Sie scheint nicht nur einen Freund zu haben – die beiden sehen sich offenbar auch gerne, wenn sie …«

Unsere Nachbarin kam jetzt langsam in den Raum getanzt, die Hüften im Takt der Musik schwingend. Sie zog sich ihre Bluse aus.

»Das gibt's doch gar nicht!«, rief ich. »Was für eine Augenweide! Mein Gott – sieh dir bloß diesen Busen an! Das Miststück! Was hier wohl abgeht, wenn ich nicht da bin? Ich weiß jetzt schon, wo ich dich finde, wenn du mich nicht an der Tür begrüßt, sobald ich den Schlüssel ins Loch stecke!«

Ich dachte, sie wollte sich nur etwas Bequemeres überstreifen oder sich vielleicht umziehen, um sich ausgehfertig zu machen; doch stattdessen verließ Diane ihr Schlafzimmer mit nichts am Leib als einem winzigen knappen Seidenhöschen. Kurz darauf kam sie mit ihrem Freund an der Hand zurück, schob ihn lebhaft gestikulierend ins Schlafzimmer und ließ ihn auf einer Art Kommode Platz nehmen, die aussah wie ein Frisiertisch. Sie hob seine Arme hoch, drückte seine Handgelenke gegen den Spiegel und begann, seinen Nacken und seine Schultern ungehemmt und hingebungsvoll mit zärtlichen Küssen zu liebkosen.

»Hm«, juchzte Steve. »Das wird ja immer besser …«

Ich saß wie angewurzelt da und konnte kein Wort herausbringen.

Diane liebkoste ihren Partner immer leidenschaftlicher. Sie übersäte seinen Nacken, seine Schultern, seine Arme und seinen Oberkörper mit heißen feuchten Küssen und ließ ihre schmalen kleinen Hände über seine behaarte Brust gleiten. Der Mann saß da und rührte sich nicht. Auf einmal packte sie ihn an den Handgelenken, zog ihn von der Kommode und drehte ihn schwungvoll um. Dann hob sie den Zeigefinger und bedeutete ihm, still an seinem Platz zu verharren. Durch das Fenster sahen wir unsere Nachbarin nur von der Taille aufwärts, doch im Spiegel konnten wir ihren ganzen Körper bewundern. Sie stieg auf den jetzt freien Frisiertisch und begann, sich sinnlich zum Rhythmus der Musik zu bewegen.

Allein ihre Brüste ließen mich vor Neid erblassen ... und Steve wurde angesichts dieses Anblicks rot bis zu den Ohren. Er starrte Diane einfach nur an, ein bisschen schüchtern zwar, aber absolut fasziniert, und er schien nicht recht zu wissen, ob er sie lieber direkt oder im Spiegel bewundern sollte. Er atmete deutlich schneller und konnte den Blick nicht von der sich vor uns abspielenden Szene abwenden.

»Was uns hier geboten wird«, brachte er schließlich hervor, »ist mit Sicherheit besser als jeder Striptease in irgendeinem Nachtclub. Und billiger ist es allemal.« An seiner Stimme erkannte ich, wie erregt er war.

Plötzlich drehte er seinen Stuhl ein Stück zu mir um, ließ seine Hand an meinem Schenkel hinaufgleiten und erreichte vermutlich schneller als beabsichtigt mein Höschen. Diane tanzte immer noch; dabei hob sie gelegentlich ihre enormen Brüste an ihren Mund und leckte daran oder reizte ihren Freund, indem sie an ihrem winzigen Slip herumnestelte und dazu ein verführerisches Lächeln über ihre Lippen gleiten ließ. Dann spreizte sie ihre Oberschenkel ein wenig und zog sich ihren Slip an beiden Seiten bis zu den Hüften hoch. Ihre glänzende Muschi war jetzt voll entblößt, und sie begann mit verstohlenem Blick an ihr herumzuspielen. Ihr Freund, der ihrem Wunsch gemäß reglos und unterwürfig verharrte, rieb sich die wachsende Beule in seiner Jeans. Für den Augenblick musste er sich damit begnügen, seine Gespielin einfach nur anzusehen.

In unserer Ecke hatte Steve angefangen, mich intensiv zu streicheln. Ich war bereits sehr erregt. Obwohl sich mein schlechtes Gewissen ein bisschen regte, weil wir dem Paar in unserer Nachbarwohnung bei seinem Intimspiel zusahen – aber wirklich nur ein ganz kleines bisschen –, konnte ich den Blick nicht abwenden. Die Darbietung war einfach unwiderstehlich. Ich saß da und ließ mich liebevoll von Steve streicheln, wobei ich ihn eigentlich kaum wahrnahm, so eigennützig genoss ich das Vergnügen, das mir seine Hände bereiteten. Seine Finger glitten tief in mich hinein. Sie fanden schnell ihr Ziel, und ich spürte, wie angeschwollen und feucht ich war. Er ließ seine Fingerspitze auf dem magischen Punkt in mir kreisen. Wenn er so weitermachte, passierte das Gleiche wie immer: Ich bekäme einen unglaublich schnellen und geradezu peinlich intensiven Orgasmus. Dianes Liebhaber stand jetzt auf und entledigte sich hastig seiner Unterhose. Seinem Gemächt, das er entblößte, schien der Sinn nach Hardrock zu stehen ... und dann hob er eine Hand in Richtung Lichtschalter, und im nächsten Augenblick war der Raum stockdunkel.

Wir seufzten beide vor Enttäuschung, doch Steve war so anständig weiterzumachen, bis ich kam, was beinahe sofort war. Erst da fiel mir die enorme Beule auf, die seine Hose zierte – vorher hatte ich dafür einfach keinen Blick gehabt. Er hatte einen eisenharten Knüppel! Ich konnte den armen Kerl unmöglich in diesem Zustand lassen, und so ein Geschenk konnte ich auf keinen Fall vergeuden. Ich leckte mir die Lippen, ging vor ihm auf die Knie und ließ seinen Ständer nahezu vollständig in meinem Mund verschwinden. Ich genieße es immer in vollen Zügen, ihm diese kleine Freude zu bereiten; ich tue es aus Liebe zu ihm, aber ich selbst habe auch meinen Spaß dabei ... Wenn ich seinen Liebesknochen im Mund habe, fühle ich mich unbeschreiblich mächtig. Dann bin ich die dominante Person, sofern überhaupt jemand Herr der Situation ist. Ich saugte immer gieriger an ihm, ließ meine Zunge etwa so über seinen Penis fahren, wie wenn man sich einen intensiven Zungenkuss gibt. Da ich weiß, dass Steve bei so einer Zungenbehandlung geradezu verrückt wird – welcher Mann wird das nicht! –, wollte ich das Vergnügen möglichst in die Länge ziehen. Ich beschleunigte den Rhythmus meiner stoßenden feuchten Mundbewegungen und sog ihn so tief wie möglich in mich hinein, bis ich spürte, dass er kommen wollte. Zu seiner Überraschung verlangsamte ich nun mein Tempo. Ich ließ mir alle Zeit der Welt und genoss es, ihn schier um den Verstand zu bringen. Ich ging dazu über, ihn vorsichtig zu lecken. Schließlich nahm ich ihn sanft in die Hand und rieb ein bisschen. Nach ein paar Sekunden verschlang ich ihn erneut mit dem Mund, und so setzten wir unser Spiel noch eine Weile fort. Mal umschlossen meine Lippen seinen harten Knüppel mit aller Kraft, dann wieder ganz behutsam, aber sie ließen nie locker. Bei der vierten Runde ließ ich ihn schließlich kommen, und er füllte mich mit den Früchten meiner Arbeit.

Was soll ich sagen … es geht eben nichts über ein bisschen frische Luft! Unsere neue Wohnung versprach jedenfalls noch viele weitere vergnügliche Abende.

Ein paar Tage später begegnete ich Diane im Fahrstuhl. Ich spürte sofort, wie mir die Schamesröte ins Gesicht stieg. Innerhalb einer Sekunde war ich knallrot, doch es gab kein Entrinnen. Ich kam mir vor wie ein dummes kleines Mädchen und vermutete, dass sie mich aufgrund meiner Reaktion für extrem schüchtern halten musste. Sie erkundigte sich, ob Steve und ich uns schon eingelebt hätten und ob uns unsere neue Umgebung gefalle. Außerdem erzählte sie mir, dass sie schon immer in Wohnungen im obersten Stockwerk gelebt habe, und fragte mich, wie ich denn den Blick fände …

Ihre letzte Frage ließ mich rot anlaufen wie eine Tomate. Als wir endlich oben waren, atmete ich erleichtert auf. Sie schenkte mir ihr liebenswürdigstes und charmantestes Lächeln, und wir wünschten uns einen schönen Tag.

Es war unser letzter Urlaubstag … Die freien Tage waren viel zu schnell vergangen, und ich freute mich nicht gerade auf den üblichen Arbeitstrott, der mich erwartete. Den letzten Abend unseres Urlaubs wollten wir noch einmal voll und ganz genießen; deshalb schlug Steve vor, als Erstes in ein nahe gelegenes vietnamesisches Restaurant zu gehen. Wir hatten beide eine Vorliebe für die vietnamesische Küche – unsere erste gemeinsam entdeckte Sinnesfreude. Wir gingen so oft wie möglich vietnamesisch essen und wurden es nie leid. Wie erwartet war das Essen auch an diesem Abend köstlich, und wir genossen die herrliche Atmosphäre und den ruhigen Charme des Restaurants. Unsere Unterhaltung landete unweigerlich immer wieder bei unserer Nachbarin; wir fragten uns, ob sie die ganze Schlafzimmerszene vielleicht nur inszeniert hatte und sich voll bewusst gewesen war, dass wir sie beobachteten.

»Natürlich nicht«, sagte Steve. »Woher sollte sie denn gewusst haben, dass wir auf der Terrasse saßen?«

»Ich weiß nicht«, entgegnete ich. »Aber wir hätten ja selbst von unserem Schlafzimmerfenster aus alles sehen können.«

»Niemals.«

Er zögerte einen Augenblick.

»Ich habe es schon getestet. Es ist zu weit weg. Außerdem stimmt der Winkel nicht.«

»Aha!«, rief ich und tat empört. »Hätte ich mir ja denken können, dass du die Lage sofort auslotest, um bloß nichts Interessantes zu verpassen!«

»Du hast ja auch nicht gerade einen entsetzten Eindruck gemacht, als du unserer Nachbarin bei ihrem Liebesspiel zugesehen hast! Im Gegenteil – ich glaube, du warst ganz schön angetörnt!«

»Jetzt übertreibst du aber.«

Wir sahen uns in die Augen, und im selben Moment überkam uns eine Flut angenehmer Gedanken, die uns auf die gleiche Idee brachte: so schnell wie möglich nach Hause zu gehen!

Steve und ich mögen keine Klimaanlagen. Deshalb öffnete ich bei unserer Rückkehr sofort die großen Fenster und die Terrassentür. Aus der Wohnung unserer Nachbarin klang Musik herüber. Diesmal hatte sie Hardrock aufgelegt. Ich ließ alle

Lampen ausgeschaltet und flüsterte Steve zu, sofort nach draußen zu kommen. Dianes Wohnung war mit verschiedenfarbigem Licht erleuchtet. Zwei nackte Körper – Diane und ein Mann, aber nicht der vom letzten Mal – hatten sich in einer Weise exponiert, die mich an ein mit rotem, gelbem und blauem Licht angestrahltes Bühnenbild einer Theatervorstellung erinnerte. Diane kniete mit auf dem Rücken verschränkten Armen auf dem Sofa und hielt einem prächtigen jungen Kerl mit langem schwarzem Haar und dem Körper eines Footballspielers ihren Rücken und ihr Hinterteil hin. Der Prachtkerl stand im Augenblick nur da und sah sie an, wobei jeder einzelne seiner Muskeln gestrafft und in Alarmbereitschaft war.

»Komm!«, flüsterte Steve, als ob sie uns hören könnten. »Lass uns ins Schlafzimmer gehen! Die beiden sind in ihrem Wohnzimmer, also können wir sie diesmal besser sehen …«

»Okay. Ich komme.«

Steve hatte Recht. Unser Blick hätte nicht besser sein können. Diane hielt noch immer ihre Position, doch der junge Mann war inzwischen in Aktion getreten und erkundete neugierig jeden Winkel seiner Gespielin. Mit der einen Hand masturbierte er, mit der anderen streichelte er Dianes Hintern. Hin und wieder führte er sanft, aber mit Nachdruck seine Finger in sie ein, wobei er seine Zunge über ihren gebogenen Rücken gleiten ließ. Ein Detail allerdings faszinierte mich besonders: die Hand, mit der er masturbierte. Sie war auffallend groß, mit Sicherheit jedenfalls größer als eine Durchschnittshand, doch sie bedeckte nur etwa die Hälfte seines gigantischen Penis. So ein Riesenexemplar hatte ich noch nie gesehen! Steve und ich rissen uns wie von Sinnen die Kleider vom Leib, und ich beugte mich ohne jedes weitere Wort über den Fenstersims, nahm also die gleiche Position ein wie Diane. Steve imitierte Dianes Partner. Er führte begierig seinen Finger in mich ein und ergründete ungestüm meine Tiefen. Dann sah ich, wie Dianes Liebhaber schließlich in sie eindrang. Im Stillen dachte ich mir, wie schmerzhaft es wohl sein musste, einen Penis von dieser Größe in sich zu haben ... Aber was für ein Anblick! Der junge Mann nahm sich viel Zeit und ließ seinen enormen Knochen Millimeter für Millimeter in ihr verschwinden. Diane musste schon auf ihn gewartet haben, denn sie drängte sich ihm ungeduldig entgegen und brachte ihn dazu, tiefer in sie hineinzustoßen. Ich tat das Gleiche mit meinem eigenen Partner, und wenn er auch nicht mit den gleichen Proportionen gesegnet war, so machte er den Größenunterschied mit seinen umso kräftigeren Stößen mehr als wett. Während wir uns liebten, behielten wir das andere Paar ständig im Auge und versuchten, unsere Bewegungen den ihren anzugleichen. Ich war völlig fasziniert von der animalischen Intensität dieser beiden starken, agilen Körper, auf denen inzwischen überall kleine Schweißperlen glitzerten. Dianes Brüste hüpften im Rhythmus ihres rasanten Liebesspiels auf und nieder, und ich stellte mir vor – sehen konnte ich es leider nicht direkt –, wie der gigantische Schwanz ihres Liebhabers mit jedem Stoß tiefer in sie eindrang.

Der Liebhaber unserer Nachbarin beschleunigte jetzt seinen Rhythmus. Steve tat es ihm gleich. Sein Bauch stieß immer heftiger gegen meinen Körper, wodurch er mich beinahe aus dem Gleichgewicht zu bringen drohte. Offenbar hatte Diane mit dem gleichen Problem zu kämpfen; auch sie wurde von den rammbockartigen Stößen ihres Partners beinahe umgehauen. Kurz darauf verlangsamten beide Männer ihr Tempo, hielten einen Moment inne und umklammerten unsere jeweiligen Nacken und Schultern. Dann packten sie uns am Haar und stießen härter denn je in uns hinein. Diane und ich schienen sogar gleichzeitig zu kommen. Danach drehte Steve mich um und bedeutete mir, mich auf den Fenstersims zu setzen. Ich hatte kaum Platz genommen, als er mich wie wild zu lecken begann und mir mit seiner Zunge einen weiteren herrlichen Orgasmus bescherte. Zu diesem Zeitpunkt wusste ich nicht mehr, was das andere Paar gerade tat. Es gab nur eins, was ich trotz der unglaublichen Intensität unseres Liebesspiels ein wenig bedauerte: dass es nicht noch ein kleines bisschen länger gedauert hatte …

»Meinst du, wir sollten aufhören, sie zu beobachten?«, fragte ich Steve, der immer noch ganz außer Atem war.

»Warum?«, entgegnete er. »Wir tun doch keinem etwas Böses. Und was Diane uns zu bieten hat, ist mit Sicherheit besser als all die Filme, die wir uns angesehen haben.«

»Allerdings. Vor allem, wenn ich an die Filme denke, die du ausgesucht hast. Sie waren furchtbar!«

»Beim nächsten Mal kannst du ja die Auswahl treffen. Mal sehen, was dabei herauskommt.«

»Das wird wahrscheinlich gar nicht mehr nötig sein. Erst recht nicht, wenn Diane weiterhin wöchentlich ihre Partner wechselt. Obwohl ich sagen muss – der von heute hatte wirklich etwas ganz Besonderes …«

Diane wechselte ihre Partner tatsächlich ziemlich regelmäßig. Ihr Freund mit dem langen schwarzen Haar war noch etliche Male bei ihr, doch wir schienen bedauerlicherweise immer dann nach Hause zu kommen, wenn die »Show« gerade zu Ende ging. Diane vergnügte sich mit diesem Mann etwa zwei Wochen lang, und zwar nach allen Regeln der Kunst. Dann kam ich eines Abends nach Hause und ertappte die beiden bei einem Streit. Kurz darauf verließ er Türen knallend die Wohnung, und wir sahen ihn nie wieder. Was für eine Enttäuschung …

Ein paar Tage später kam ich etwas früher von der Arbeit und begegnete Diane auf unserem Treppenabsatz. Sie verkündete, dass sie nach einer kühlen Sangria lechze und noch einmal hinunterfahren und welche besorgen wolle. Ein paar Minuten später klopfte sie an unserer Tür und lud mich auf ein Gläschen ein. Da Steve erst viel später nach Hause kommen würde, nahm ich die Einladung an. Außerdem war ich ziemlich neugierig auf sie, schließlich wusste ich nichts über unsere neue Nachbarin, außer dass sie interessante sexuelle Vorlieben hatte.

Wir tranken die Sangria auf ihrer Terrasse und plauderten über Gott und die Welt. Unter anderem erfuhr ich, dass sie früher Schauspielerin gewesen war und ihren Beruf wegen der unsicheren Zukunftsaussichten an den Nagel gehängt hatte. Was die Liebe betraf, erzählte sie mir, dass sie einmal großes Pech gehabt habe und sehr unglücklich gewesen sei, weshalb sie jetzt »keine Zeit mehr verschwende«. Wenn ihr ein Typ nach ein oder zwei Wochen nicht mehr gefiel, suchte sie sich einfach umgehend einen neuen. Außerdem vertraute sie mir an, dass sie Angst habe, zu lange bei ein und demselben Mann zu bleiben, weil sie fürchte, dass der Sex dann langweilig werden würde. Bei ihrem letzten Geständnis konnte ich nicht umhin zu grinsen …

Der Nachmittag plätscherte angenehm dahin. Wir unterhielten uns weiter ziemlich oberflächlich, und ich hütete mich, ihr anzuvertrauen, dass Steve und ich sie ab und zu »ausspähten«. Nach ein paar Gläschen Sangria fühlte ich mich herrlich relaxt und verabschiedete mich unter dem Vorwand, dass Steve gleich nach Hause kommen würde.

Als ich unsere Wohnung betrat, klingelte das Telefon. Es war Steve, der mir mitteilte, dass er auf dem Nachhauseweg sei. Ich machte es mir mit einem Buch auf dem Sofa gemütlich und wollte gerade anfangen zu lesen, als von Dianes Wohnung mitreißende Jazzklänge zu mir herüberdrangen. Durch unser Wohnzimmerfenster sah ich sie auf ihrer Terrasse. Sie hatte sich ein Handtuch um den Körper geschlungen, und ihr Haar war nass; offenbar hatte sie sich kaum abgetrocknet. Die Spätnachmittagssonne verlieh ihrer Haut einen goldenen Schimmer. Ihr Blick war in die Ferne gerichtet, und sie wirkte ein bisschen geistesabwesend, beinahe melancholisch. Sie machte es sich auf einem der Liegestühle bequem, schloss die Augen und zog langsam das Handtuch weg.

Sie hatte einen unglaublichen Körper ... Eigentlich kannte ich sie ja schon nackt, doch jetzt, da sie allein war, konnte ich ihre Schönheit ohne jede Ablenkung bewundern. Ich war auf einmal felsenfest überzeugt, dass sie genau wusste, dass wir sie beobachtet hatten. Sie drehte ihren Kopf zu mir und lächelte; entweder hatte sie mich gesehen, oder sie ahnte, dass ich da war. Sie nahm eine kleine Gießkanne in die Hand, die sie zum Bewässern ihrer Geranien benutzte, und tröpfelte sich ein bisschen Wasser auf die Haut. Als sie die Tröpfchen mit den Fingerspitzen auf ihrem kurvenreichen Körper verteilte, wehte eine leichte Brise über ihre nasse Haut und ließ sie erschaudern. Sie schloss die Augen und begann, ihre jetzt aufgerichteten Nippel sanft zu streicheln. Ich sah, wie ihre Brust sich bei jedem Atemzug hob und senkte. Die prickelnde Gänsehaut, die ihr die Arme und Schultern hinaufkroch und dann ihren gesamten Bauch bedeckte, erregte mich sehr. Sie hob jetzt die Hände und begann, sich zu massieren. Dabei fing sie mit dem Nacken an und bewegte sich langsam nach vorn zum Hals, von wo ihre geschmeidigen Hände begierig zu ihrer Brust hinunterwanderten und schließlich zärtlich auf ihrem Busen zur Ruhe kamen. In ihren Augen lag ein sanfter, geradezu wehmütiger Blick. Ihren Brüsten schien die Liebkosung zu gefallen, ihre Nippel waren noch härter geworden, und Diane konnte sie nun noch intensiver mit ihren langen, geschickten Fingern bearbeiten ...

Ich hatte mich noch nie von einer Frau angezogen gefühlt, und ich weiß auch nicht, ob Diane mich wirklich reizte, aber ihr wunderschöner Körper und ihr unbekümmertes sinnliches Spiel entfachten in mir ein wahres Feuer. Ich hatte keinerlei Verlangen, sie zu streicheln oder mich dem Liebesspiel mit ihr hinzugeben, aber ich spürte in diesem Augenblick intensiv, wie mein eigener Körper nach gewissen Berührungen lechzte.

Während ich sie anstarrte, stellte ich mir vor, in ihrer Haut zu stecken, und spürte die gleichen süßen Empfindungen wie sie, während sie ihre Hände über ihren Körper wandern ließ. Ich ließ sie keine Sekunde aus den Augen und zog mich aus. Obwohl ich immer noch das unangenehme Gefühl hatte, dass sie wusste, dass ich sie beobachtete, erlaubte es mein erregter Körper nicht, auch nur einen Moment innezuhalten. Ich legte mich genauso hin wie sie und legte die Hände auf meine Brüste, die zwar deutlich kleiner waren als ihre, dafür aber mindestens genauso erregbar ...

Sie wagte sich jetzt weiter vor und bahnte sich mit den Fingern ihren Weg durch den gekräuselten Flaum zwischen ihren sonnengebräunten Schenkeln. Dann spreizte sie genussvoll die Beine und grub ihre Nägel in das weiche Fleisch, wobei sie ähnliche Kratzspuren hinterließ wie ich zwischen meinen eigenen Schenkeln. Während sie mit den langen Fingern ihrer linken Hand ihre feuchten Lippen öffnete, leckte sie sich neckisch-verspielt die Finger ihrer rechten. Dann gingen beide Hände mit vereinten Kräften daran, ihre intime Region ausgiebig zu erforschen. Ihre Finger ergründeten in aller Ruhe die Konturen ihrer Pussi, die mittlerweile triefend nass sein musste. Sie stimulierte ihre Klitoris und umkreiste behutsam die Öffnung ihrer glänzenden Scheide, doch sie streichelte sich so langsam und ausdauernd, dass ich in meiner Erregung und Ungeduld Mühe hatte, weiter in ihrem Rhythmus zu bleiben. Mir ist es schon immer schwer gefallen, die Wellen meiner Erregung hinauszuzögern und mir nicht sofortige Erlösung zu verschaffen, sodass meine Masturbationsspiele meistens ziemlich schnell beendet waren. Unter Dianes Anleitung wurde ich nun endlich in die Kunst des verzögerten Genusses eingeführt und lernte, mir mehr zu gönnen als die kurze Erlösung eines schnellen Orgasmus. Erstmals lernte ich, wie mein Körper auf eine sanfte, beinahe schmerzend langsame Stimulation reagierte. Dann erhöhte sie, zunächst nahezu unmerklich, das

Tempo ihrer Bewegungen. Ihr zärtliches Streicheln ging in wildes Reiben über. Ihr Gesichtsausdruck legte jede einzelne Empfindung bloß. Während sie zunächst versonnen gelächelt hatte, wirkte ihr Blick auf einmal äußerst konzentriert. Dann verzog sich ihr Gesicht plötzlich, und sie versuchte mit aller Macht, die mit unbändiger Kraft heranrollenden Wellen des Orgasmus zurückzuhalten. Plötzlich stoppte sie ihr Liebesspiel, legte ihre Hände mit einer unglaublichen Willensanstrengung zurück auf ihren Oberkörper und presste ihre Schenkel eng aneinander. Ihr Gesicht entspannte sich schlagartig. Nach einer kurzen Pause ließ sie sich ganz allmählich erneut von den Wellen der Erregung mitreißen, wobei sie sich ihre gekreuzten Arme über die Schultern gelegt hatte, als ob sie voller Hingabe einen unsichtbaren Partner umarmte.

Sie zögerte einen Augenblick und ließ ihre Hände zurück über ihren Bauch und weiter nach unten wandern ... Dann streichelte sie sich erneut mit verträumtem Blick, ihre Hände zu einer zärtlichen Attacke vereint. Ich glaube nicht, dass sie schon gekommen war. Ich fühlte mich ihr in diesem Moment so nahe, dass ich sicher war, dass sie weder ohne mich kommen konnte noch ohne mich kommen wollte. Auch ich nahm mein Liebesspiel wieder auf und folgte genau ihrem Rhythmus, damit wir beide im gleichen Augenblick unseren Höhepunkt erreichten ... Die über ihren Körper verteilten Wassertropfen reflektierten das warme Licht der untergehenden Sonne ... Ich sah, wie sie sich auf die Unterlippe biss ... Unten in meinem Becken spürte ich, wie mich ein gewaltiger Orgasmus überkam, der durch nichts mehr aufzuhalten war und mir den Atem raubte. Ich war gerade so weit, mich den überwältigenden Wellen hinzugeben, als Steve plötzlich in der Tür stand.

Er beobachtete mich ein paar Sekunden, ohne etwas zu sagen. Dann trat er ein Stück vor und sah, was mich so sehr erregt hatte. Im gleichen Augenblick wölbte sich seine Hose.

»Komm her!«

Ich stoppte mein Liebesspiel. Auch Diane hatte Steve hereinkommen sehen. Sie hielt ebenfalls inne und wartete auf die nächste Phase. Steve kniete vor meinen Füßen nieder und begann, mich zu küssen, meine Beine zu liebkosen und mit der Zunge an meinen Schenkeln hochzuwandern …

Als sie in mich hineinglitt, musste ich beinahe schreien. Mein Rücken schmerzte, und ich war kurz davor zu explodieren. Diane rieb sich jetzt immer schneller und heftiger. Ihr Kopf rollte von einer Seite auf die andere, während sie versuchte, die Wellen der Erregung im Zaum zu halten. Sie stand auf und kniete sich breitbeinig und mit gewölbtem Rücken auf ihren Liegestuhl. Dann nahm sie eine ihrer Brüste und leckte sie, während sie mit der anderen Hand schneller denn je zwischen ihren Beinen rieb. Sie schien jeden Augenblick zu kommen, und ich wollte das Erlebnis unbedingt mit ihr teilen. Also gab ich mich dem unglaublichen Vergnügen hin, das Steve mir mit seiner hin und her zuckenden Zunge bereitete, und bat ihn, mich zu erlösen. Er ließ seine Hand meinen Schenkel hinaufwandern, führte seine Finger tief in mich ein und hörte dabei nicht auf, mich mit dem Mund zu verwöhnen. Schließlich ließ Diane ihren prächtigen Busen fallen, damit sie beide Hände frei hatte, und während sie sich in einen wilden Orgasmus hineinsteigerte, kam auch ich, und zwar so heftig, dass mein ganzer Leib für eine volle Minute zu beben schien.

Diane legte sich wieder hin. Ihr ganzer Körper zitterte. Steve konnte sich nicht länger beherrschen und drang mit einem kraftvollen Stoß in mich ein. Er durchbohrte mich mit all seiner Kraft, stieß sein hartes Rohr tief in meinen widerstandslosen Körper hinein und vögelte mich wie wild. Nach einer Weile wechselten wir die Stellung; ich hockte mich auf ihn, und nun war ich diejenige, die den Rhythmus bestimmte. Ich drückte ihn so tief wie möglich in mich hinein, blieb dann ganz still sitzen und massierte ihn mit meinen äußerst gut trainierten inneren Muskeln … Er ließ das etwa eine Minute lang zu, dann warf er mich zurück aufs Sofa, schleuderte meine Beine über seine Schultern und drang mit aller Kraft in mich ein. Diesmal hörte er nicht auf, bis er explodierte …

»Meinst du immer noch, dass sie keine Ahnung hat?«

»Nein …«

»Eine schöne Überraschung, die du mir da zur Begrüßung beschert hast.«

»Das Vergnügen war ganz meinerseits!«

Es vergingen zwei Wochen ohne eine Spur von Diane. Seit dem letzten Abenteuer hatten wir niemanden in ihrer Wohnung gesichtet. Steve und ich waren ziemlich enttäuscht, schließlich hatte uns die letzte »Session« mit Diane erst so richtig auf den Geschmack gebracht. Immer wenn wir uns lieben wollten, spähten wir ungeduldig zu ihrer Wohnung hinüber und hofften, einen Blick auf sie zu erhaschen, doch vergebens.

Eines Morgens traf ich auf dem Weg zur Arbeit den Hausmeister. Er erzählte mir, dass Diane bald ausziehen würde, und fragte mich, ob ich nicht zufällig jemanden kannte, der vielleicht Interesse an der Wohnung hätte. Ich antwortete ihm, dass mir im Moment niemand einfalle, versprach ihm aber, Steve zu fragen. Die Nachricht enttäuschte mich, und ich wusste, dass es Steve genauso gehen würde. Keine weiteren Nächte auf unserem »Aussichtsdeck« … Nachbarn wie Diane findet man nicht alle Tage!

Wir hatten für eine Weile den Himmel auf Erden, doch jetzt mussten wir uns den harten Fakten stellen: Diane war ein für alle Mal weg … Allerdings muss ich sagen, dass wir uns auch während der folgenden Wochen ein paar Mal gut amüsiert haben, und das war, als die neuen Wohnungsinteressenten zu ihren Besichtigungsterminen vorbeikamen. Wir versuchten uns jedes Mal vorzustellen, was sie uns wohl zu bieten hatten – verglichen mit der ausgezeichneten Performance, die wir von

Diane gewohnt waren. Wir fragten uns, wie es wohl wäre, wenn die beiden Mitte-Sechzigjährigen einzögen, die sich kaum eines Blickes würdigten und von den Spiegeln im Schlafzimmer entsetzt zu sein schienen. Mit Sicherheit ein totaler Flop! Oder der stämmige Mann mit dem langen Rauschebart und dem winzigen Hund? Wie furchtbar! Oder die allein stehende Frau mit ihren drei Katzen? Wahrscheinlich wäre auch sie eine Enttäuschung. Oder die Mutter mit dem pubertierenden Sohn, der so aufmüpfig war … Unerträglich … Oder vielleicht das Händchen haltende Pärchen, beide Mitte dreißig, das unverkennbar frisch verheiratet war? Schon eher vorstellbar …

Am Ende mietete tatsächlich genau dieses Pärchen die Wohnung. Diane sahen wir nie wieder, nicht einmal am Tag ihres Umzugs, als ein riesiger Lastwagen kam und ihr Hab und Gut abholte. Ein paar Tage später luden wir unsere neuen Nachbarn zum Kaffee ein. Sie wirkten müde und abgespannt.

»Bitte entschuldigen Sie. Wir haben gerade einen anstrengenden Umzug hinter uns. Was für eine Arbeit! Und dann diese Fenster! Alle Achtung – Ihre Vorhänge sind wirklich gelungen.«

»Ja. Aber wir haben uns auch ganz schön den Kopf zerbrochen, wie wir das hinkriegen sollten. Zum Glück entschädigt einen der Blick von hier oben allemal für die ganze Mühe, das können Sie uns glauben …«

Wir plauderten noch eine Weile, bis sie wieder gingen. Sie waren ein richtig goldiges Paar und tatsächlich frisch vermählt.

Steve hatte sich auf seinen Beobachtungsposten begeben und belauerte mit nachdenklicher Miene unsere Nachbarwohnung, als sein Blick plötzlich auf mein neckisches kurzes Kleidchen fiel und seine Augen schelmisch zu leuchten begannen. Er sah auf einmal aus wie ein frecher kleiner Junge.

»Bist du müde?«, fragte er mich.

»Hängt davon ab, was du vorhast«, erwiderte ich.

»Ich habe eine Idee.«

Er steuerte auf unsere Vorhänge zu und zog sie weit auf. Dann legte er eine Blues-CD ein und knipste unsere beiden Lieblingslampen an. Gedämpftes, bernsteinfarbenes Licht tauchte unser Wohnzimmer in eine warme Atmosphäre. Wir hörten, wie unsere neuen Nachbarn auf ihre Terrasse hinausgingen, um ein bisschen frische Luft zu schnappen …

»Was hast du denn vor?«

»Was hältst du davon, unsere Nachbarn herzlich willkommen zu heißen?«

Mit diesen Worten zog er mich ans Fenster …

# Femininer Impuls

Ich gebe es ja unumwunden zu: Die Geschichte meiner Beziehungen zu Männern ist eine einzige Aneinanderreihung von Desastern, und das habe ich mir wahrscheinlich selbst zuzuschreiben. Seitdem ich alt genug war, mich für Jungen zu interessieren, hat es mich immer getrieben, den Dingen meinen eigenen Stempel aufzudrücken, anstatt ihnen einfach ihren Lauf zu lassen. Und so hatte eine neue Liebschaft bei mir nie wirklich eine Chance, zu gedeihen und sich zu entwickeln ... Wenn mein jeweiliger Liebhaber nicht exakt meinen Vorstellungen entsprach, gab ich ihm kurzerhand den Laufpass. Doch auch wenn er meinen Ansprüchen hundertprozentig genügte, konnte ich es nicht lange mit ihm aushalten, denn dann wurde er mir schnell zu langweilig und berechenbar. Und warum sollte man krampfhaft etwas fortsetzen, was sowieso keine Zukunft hat? So hatte ich während meiner prickelnden Teenagerjahre, meiner fantastischen Zeit als Twen und während eines guten Teils meiner mindestens ebenso aufregenden Dreißiger unzählige Männer ausprobiert. Erst vor kurzem dämmerte mir schließlich die traurige und überaus deprimierende Erkenntnis, dass es zumindest auf diesem Planeten offenbar nicht den idealen Mann für mich zu geben schien.

Auch wenn es sich zunächst nur um eine rein hypothetische Befürchtung handelte, war die bloße Vorstellung doch zutiefst beunruhigend. Denn obwohl jede neue Affäre mit einer noch größeren Enttäuschung verbunden war als die vorherige, hatte ich bis dahin in dem festen Glauben gelebt, dass ich das beste Exemplar verdient hatte, das die männliche Spezies zu bieten hatte, und dass ich meinen Traummann schließlich doch noch irgendwann finden würde – jene verwandte Seele, die genau für mich geschaffen war. Meine Mutter erzählte mir immer und immer wieder, dass ich diesen Mr. Richtig sofort erkennen würde ... Also achtete ich bei jedem neuen Rendezvous auf die verräterischen Zeichen (die physischen und die metaphysischen), auf Magenkrämpfe oder Donnerschläge, auf heiße innere Wallungen oder zuckende Blitze. Und wenn diese Omen ausblieben, tröstete ich mich damit, dass der Nächste dann aber bestimmt der Richtige sein würde.

Natürlich kam der Richtige nie. Im Gegenteil: Die Männer, die ich traf, wurden immer schlimmer. Und so drehte ich mich wie in einem Karussell etliche Jahre im Kreis, in denen ich sorgenvoll Trübsal blies, zusehends verzweifelte und mit hilfloser Wut zusehen musste, wie auf meinem Gesicht die ersten Falten erschienen. Starrsinnig glaubte ich weiter an ein Wunder und an die Kraft des positiven Denkens, doch schließlich blieb mir nichts anderes übrig, als der traurigen Wahrheit ins Auge zu blicken: Das, wonach ich suchte, war von Gott oder von welchem Schöpfer auch immer, der die menschliche Rasse auf diese Erde gepflanzt hatte, noch nicht erschaffen worden.

Aber es musste doch möglich sein, meine Wünsche zu befriedigen, redete ich mir ein. Die wichtigsten Eigenschaften, über die ein Mann verfügen muss, der seinen Platz in meinem Leben finden will, habe ich schon vor langer Zeit aufgelistet. Es sind ein paar ziemlich grundlegende Eigenschaften. Da ich von mir selber ein recht positives Bild habe, das ich im Übrigen auch für gerechtfertigt halte, billige ich mir das Recht zu, von einem Mann, dem ich meine Gunst gewähre, gewisse Attribute zu verlangen.

Die Eigenschaften, auf die ich Wert lege, habe ich sorgfältig in einem Notizheft aufgelistet, sodass ich dort jederzeit nachschlagen kann, falls ich sie einmal vergessen sollte. Die Festlegung der erforderlichen Attribute sollte mir den unvermeidlichen Selbstvorwurf ersparen (»Ich hätte es doch gleich wissen müssen!«), den ich nach diversen enttäuschenden Abenden mit dem einen oder anderen Kandidaten gegen mich vorbringen musste. Gerechterweise muss ich zugeben, dass einige sogar ein paar von meinen Standards erfüllt haben, aber irgendetwas war dann doch immer nicht ganz so, wie es sein sollte. Entweder hatte der Auserwählte vergessen, dass ich Brokkoli hasse, und servierte ihn mir an drei aufeinander folgenden Abenden (zu allem Übel hatte er das Essen auch noch liebevoll zubereitet, ohne dass ich selber einen Finger rühren musste), oder er brachte mich gegen sich auf, indem er mir rote Rosen schenkte, obwohl ich ihm klar und deutlich zu verstehen gegeben hatte, dass ich weiße bevorzuge. Ich meine, haben diese Typen es bewusst darauf angelegt, es sich mit mir zu verscherzen, oder was? Aber wie auch immer …

In Gesellschaft meines Lieblingsvibrators grübelte ich etliche schlaflose Nächte über meine Situation nach, bis ich schließlich eine Lösung für mein Problem fand. Mir wurde schlagartig klar, dass ich meine Suche nach dem »perfekten Mann« endgültig aufgeben musste. Es führte kein Weg daran vorbei, die Vorstellung ein für alle Mal zu begraben, einen einzelnen Mann zu finden – jedenfalls unter den sterblichen Geschöpfen –, der mir jeden Wunsch erfüllen und mich rundum glücklich machen würde. Und so suchte ich mir schließlich … drei.

Sie verstehen hoffentlich, dass mir die Umstände kaum eine andere Wahl ließen. Außerdem wurde bei dem Ganzen niemand verletzt … und ich selber tat mir einen unermesslichen Gefallen. Das Beste ist, dass ich die drei Männer allesamt am gleichen Tag zum ersten Mal getroffen habe – natürlich zu unterschiedlichen Zeiten und in völlig unterschiedlichen Situationen –, aber als ich an jenem Abend zu Bett ging, wusste ich, dass mich endlich die Aussicht auf ein paar wahrhaft romantische Abenteuer erwartete. Erst jetzt weiß ich allerdings, wie grenzenlos die sich ergebenden Möglichkeiten tatsächlich sind …

Fürs Erste aber sind die drei Männer in meinem Leben einfach wunderbar. Sie erfüllen mich sowohl emotional als auch sexuell auf eine Art und Weise, die ich nicht für möglich gehalten hätte. Sie haben nichts miteinander gemein, und genau das macht für mich den Reiz jedes Einzelnen aus. Sie wissen nichts voneinander, doch sie ergänzen sich geradezu auf perfekte Weise. Und die Einzige, die das weiß, bin ich.

Einen von ihnen, Thomas, pflege ich mit einem Walzer zu vergleichen. Er ist zärtlich und liebevoll, sehr romantisch, aber zugleich bodenständig. Ich habe ihn in einem Supermarkt kennen gelernt und wusste nach einem einzigen Blick in seinen Einkaufskorb, dass er Single war. Auch wenn er keineswegs besonders Ausgefallenes oder Erlesenes in seinem Korb hatte, schloss ich, dass er in der Küche bestimmt eine gute Figur machte, und wie sich später herausstellte, hatte ich Recht. Unsere erste Begegnung hatte in gewisser Weise durchaus komische Züge. Er hatte sich beide Arme mit diversen Käsesorten, Milchtüten, Eiern und Butter voll geladen, und ich fragte mich, warum er nicht einfach zu seinem Einkaufskorb zurückging, um ein paar von den vielen Artikeln loszuwerden. Doch er war völlig geistesabwesend und so in seine Einkaufsliste vertieft, dass er gar nicht mehr sah, wohin er trat, und schließlich stolperte er über meinen Korb. Die Eier zerbrachen, der Inhalt mehrerer Tüten verstreute sich auf dem Boden, und Thomas wurde bis zu den Ohren puterrot.

Unsere Blicke trafen sich, und nach einem kurzen Augenblick des Unbehagens prusteten wir gleichzeitig los. Dann eröffnete er mir wie aus heiterem Himmel, dass er etwas aufgeregt sei, weil seine Mutter ihn an diesem Abend zum ersten Mal mit ihrem neuen Ehemann besuchen wolle ... Völlig überraschend lud er mich auf ein Eis in die nahe gelegene neue Eisdiele ein, und nach einigen Stunden angeregter Unterhaltung fragte er mich, ob ich ihm nicht das Leben retten könne, indem ich ihn nach Hause begleitete und ihm dabei half, das bevorstehende Martyrium mit seiner Mutter und ihrem neuen Mann zu überstehen. Ich sagte ohne zu zögern ja und hatte einen netten Abend.

Unsere Beziehung brauchte etwa eine Woche, bis entschieden war, in welche Richtung sie sich entwickeln würde; so lange brauchte ich, um Thomas' gute und schlechte Seiten gegeneinander abzuwägen. Schließlich kam ich zu dem Schluss, dass er in meinem Szenario problemlos eine wichtige Rolle einnehmen konnte. Er ist ein erstaunlich guter Koch und zaubert mir ohne viele außergewöhnliche Zutaten unglaublich romantische Abendessen auf den Tisch. Alle drei Tage bringt er mir einen zauberhaften Strauß weißer Rosen oder lässt ihn mir vorbeibringen, wenn er ihn nicht persönlich abgeben kann. Und ich musste ihm nur ein einziges Mal sagen, welche Farbe bei Rosen meine Lieblingsfarbe ist ... Er geht gerne ins Kino und ist einer der wenigen und nur selten anzutreffenden feinfühligen Männer, die nicht davor zurückschrecken, während einer traurigen Szene auch mal ein paar Tränen zu vergießen. Was meine romantischen Bedürfnisse angeht, bringt er mir wirkliches Verständnis entgegen und verwöhnt mich mit echter Zärtlichkeit. Während unseres ersten Rendezvous hörte er sich aufmerksam meine schmerzvolle Lebensgeschichte an und massierte mir anschließend mit seinen kundigen Fingern zärtlich den Rücken, die Schultern und den Nacken. Wenn wir uns bei mir treffen, kommt er immer ein paar Stunden vor mir, spült das schmutzige Geschirr, lässt ein herrliches warmes Schaumbad ein und begrüßt mich an der Tür mit einem perfekt gekühlten trockenen Martini.

Bei jedem Treffen blickt er mir vor dem ersten Kuss in die Augen und sagt mir mit gefühlvoller Stimme, dass er mich von Mal zu Mal noch hinreißender findet. Er liebt meinen »üppigen Körper« – zumindest behauptet er das (aber machen wir uns nichts vor, ein paar Pfunde weniger ständen mir auch nicht schlecht) –, und er behandelt ihn wie ein Geschenk der Götter.

Im Bett vermeidet Thomas jede Hast und nimmt sich alle Zeit der Welt. Er nimmt mich langsam und liebevoll und übersät dabei meinen ganzen Körper mit zärtlichen Küssen. Außerdem sorgt er immer für eine rundum perfekte Stimmung: hier und da ein paar Kerzen, gedämpfte Musik, Satinlaken ... Geduldig nimmt er sich die Zeit, die ich brauche, und steigert meine Erregung allmählich zu einem köstlichen Höhepunkt. Manchmal ist er mir fast ein bisschen zu behutsam ... Aber das ist natürlich keine ernsthafte Klage. Ich versuche ihn zu sehen, wann immer ich das dringende Bedürfnis nach seiner ganz speziellen Art liebevoller Zuneigung habe. Sein Liebeswerkzeug ist zwar eher von der kleineren Sorte ... aber dafür weiß er es umso virtuoser einzusetzen. Bevor er behutsam, fast ein bisschen zurückhaltend, in mich hineingleitet, sorgt er dafür, dass ich genau den passenden Erregungslevel erreicht habe. Und wenn wir uns lieben, sieht er mir in die Augen und säuselt mir die heißesten Liebkosungen ins Ohr ...

Wenn ich mit Thomas zusammen bin, fühle ich mich wie eine richtige Frau, eine schöne und begehrenswerte noch dazu. Er weiß auch mit vorübergehenden Gereiztheitszuständen und unvorhersehbaren Schreianfällen umzugehen. Statt überflüssige Fragen zu stellen, nimmt er sie einfach kommentarlos hin. Er ist der erste Mann, den ich kenne, der nicht bei jeder emotionalen Krise nach einer Erklärung verlangt. Und er weiß genau, wann er mich besser allein lässt und wann ich seinen Trost brauche.

Dank seiner Anpassungsfähigkeit kommt er auch mit meinen Stimmungsschwankungen und meiner ständigen Unentschlossenheit klar. Dies ist ein entscheidender Vorteil, denn wie bei vielen Frauen ist auch bei mir die Unbeständigkeit ein unbedingter Bestandteil meines Lebens. Wenn ich ihm anvertraue, was mich gerade bewegt, hört er mir wohlwollend und aufmerksam zu, und in seinen Armen schlafe ich wie ein Baby, und alle Sorgen und Ängste sind schlagartig vergessen. Nach einer solchen Nacht fühle ich mich am nächsten Morgen immer wie neugeboren, frisch und sorgenfrei, genau in der Stimmung für einen neuen, perfekten Tag und strotzend vor unverbrauchter Energie, bereit für … Rico.

Rico ist ein hinreißender jamaikanischer Mulatte und in jeder Hinsicht völlig anders als Thomas. Seine Haut hat die Farbe eines starken, mit einem kleinen Schuss cremiger Sahne verrührten Kaffees, und sein kraftstrotzender Körper zeugt von jahrelanger körperlicher Arbeit im Freien. Außerdem ist er ein wahrer Riese! Er ist mindestens zwei Köpfe größer als ich und besteht fast nur aus Muskeln. Und dann hat er noch einen zusätzlichen Pluspunkt: Er ist nämlich auch zwischen den Beinen eher schwarz als weiß … ja, ja, in diesem Fall entsprechen die Gerüchte tatsächlich der Wirklichkeit.

Bei Rico verbindet sich seine Wildheit mit dem passenden Maß an Klasse, Liebenswürdigkeit und Charme, was ihn zu einem geradezu perfekten Begleiter macht. Allerdings würde ich nie versuchen, ihn in irgendein tiefgründiges Gespräch zu verwickeln, denn auf diesem Terrain ist er nicht zu Hause und droht leicht auszurutschen. Trotzdem habe ich keinerlei Bedenken, ihn zu irgendwelchen geschäftlichen Terminen mitzunehmen und an seiner Seite umherzustolzieren. Er ist zwar deutlich jünger als ich, aber das ist wirklich meine geringste Sorge … Auf sämtlichen Empfängen, auf denen wir gemeinsam waren, war die Wirkung seiner unwiderstehlichen wilden Sinnlichkeit förmlich zu spüren. Ich habe jedenfalls bisher noch niemanden getroffen, egal ob Mann oder Frau, der seinem Charme nicht spontan erlegen wäre. Und Ricos größter Vorzug? Das ist zweifellos sein ungezügelter Appetit auf Sex, der auch im Laufe der Zeit nicht das kleinste bisschen nachgelassen hat. Anders als bei meinen bisherigen Liebhabern kann ich mir auch kaum vorstellen, dass diese ständige Lust bei ihm je verschwindet, aber vielleicht ist es für solche Feststellungen noch etwas zu früh.

Jedenfalls weiß ich ganz sicher, dass die Frauen meiner am meisten nach Geld stinkenden Kunden, Frauen in den Sechzigern, deren Leben ausschließlich aus Wohltätigkeitsveranstaltungen und der Ausstaffierung ihrer Pudel besteht, für die Aussicht, auch nur eine einzige Nacht mit Rico verbringen zu können, alles aufgeben würden – ihr Haus, ihren Mercedes, ihren Schmuck, ALLES! Und wer weiß, vielleicht tut es die eine oder andere sogar ... Rico sieht so aus, wie Frauen sich einen Mann in ihren erotischen Träumen vorstellen. Er verkörpert die pure Lust, die gesteigerte Empfindung, die zu vollem Leben erweckte Sinnlichkeit. Aber darauf komme ich später noch einmal zurück ...

Und dann ist da noch Étienne: mein Daddy, mein Mentor und mein Idol. Ich hingegen bin seine kleine Prinzessin, sein Geschenk des Himmels, seine Muse. Étienne ist der lebende Beweis dafür, dass fünfzig ein Traumalter ist. Er hat in seinem Leben nichts anderes kennen gelernt als Wohlstand und Überfluss, und wann immer er kann, überhäuft er mich mit den unvorstellbarsten Kostbarkeiten, was ihm ganz offensichtlich ein fast perverses Vergnügen bereitet ... Jeder Abend mit ihm ist die pure Schwelgerei in unglaublichem Luxus. Wenn er mich abholt, bringt er mir immer kostspielige Geschenke und Kleidungsstücke mit, die aussehen, als wären sie für irgendwelche Filmstars entworfen worden.

Étienne habe ich durch meine Arbeit kennen gelernt. Ich hatte seinen Geschäftspartnern eine Werbekampagne vorgeschlagen – eine innovative, provokative, aber auch extrem teure Kampagne. Natürlich rieten sie ihm, lieber abzuwarten, ob es nicht auch einen weniger kostspieligen Vorschlag gäbe, aber er war von meiner Idee spontan angetan und bestand darauf, sich umgehend mit mir zu treffen. Während unseres gemeinsamen Mittagessens war mir sofort klar, dass er mich wiedersehen wollte, und bestimmt nicht, um seine nächste Werbekampagne mit mir durchzusprechen … Mein erster Abend mit ihm war wunderbar. Wir haben zunächst in einem der besten Restaurants der Stadt fürstlich gespeist, sind dann im Mondschein ein wenig am Fluss entlangspaziert, haben bei ihm zu Hause einen Cognac getrunken, und den Rest kann man sich ja leicht vorstellen …

Er beichtete mir seine ausgeprägte Vorliebe für gewisse »unschuldige kleine Spielereien«. Was ihn betraf, so sah er Frauen als Königinnen, die ohne jede Gnade über ihre Untertanen herrschen sollten. Hinter der Fassade dieses gefürchteten Unternehmers, dieses hoch respektierten, skrupellosen Riesen verbarg sich eine biegsame, unterwürfige Kreatur, die wie Wachs in meinen Händen war und sich meinen jeweiligen Launen bedingungslos unterwarf. Einmal bat er mich, ihn zu bestrafen, weil er sich mich in allen möglichen anstößigen Positionen und in den wildesten Situationen vorgestellt hatte. Mir war von unserer ersten Nacht an klar, was Étienne von mir wollte. Also brachte ich zu ihm immer meine aufreizendsten Strapse und eine umfangreiche Auswahl an Netzstrümpfen mit, mit denen ich ihn an Handgelenken und Fußknöcheln an die vier Enden seines riesigen Wasserbettes fesselte. Dann begann ich ihn mit einer sorgfältig abgestimmten Prozedur zu traktieren und sah zu, wie er allmählich hart und härter wurde, bis seine Erektion jegliche Vorstellung übertraf.

Er wollte bestraft werden, und dieses Vergnügen konnte ich ihm guten Gewissens kaum vorenthalten. Étienne ist kein Mann, dem man einen Gefallen ausschlägt, wenn man ihm damit eine Freude macht. Also befahl ich ihm, es mir mehrfach zu besorgen, aber er durfte nur seine Zunge und einen einzigen Finger benutzen … Er gab sein Bestes, der arme Kerl! Ich verbat ihm, mich mit seiner anderen Hand zu berühren, und ich selbst untersagte mir ebenfalls jeden Kontakt zu seinem Körper, auch wenn es mich das höchste Maß an Selbstbeherrschung kostete, seinen fortgesetzten Liebkosungen so lange wie möglich zu widerstehen. Nach meinem vierten Orgasmus bekam ich Mitleid mit ihm; außerdem wurden mir die Knie weich, und da ich die ganze Zeit über seinem Kopf hockte, drohten mir die Beine wegzusacken. Ich brauchte nur einmal ganz leicht meine feuchte Zunge über ihn gleiten zu lassen, und schon kam er und ergoss sich mit einem gewaltigen, erlösenden Strahl über mein ganzes Gesicht.

Wenn ich mit Étienne zusammen bin, fühle ich mich stark, selbstsicher und gebieterisch. Was ich auch mit ihm anstelle, erfüllt ihn mit Befriedigung: unerwartete Überraschungen, ganz neue Erfahrungen, die wildesten Fantasien. Mit ihm kann ich jede Fantasie ausleben und jede erdenkliche Lust und Laune hemmungslos in die Tat umsetzen. Als ich ihn nach ein paar Wochen etwas besser kannte, war mir klar, dass ich für meine Treffen mit ihm am besten immer den richtigen Moment abwartete. Abende, an denen ich mich stark und überlegen fühle, oder wenn ich mich ein bisschen verwöhnen lassen will – diese Abende gehören Étienne.

Und wenn ich das Gefühl habe, dass lieber jemand anders die anstrengende Prozedur übernehmen soll, bleibe ich einfach weg … Étienne verehrt mich und ist davon überzeugt, dass ich in jeder Hinsicht perfekt bin. Was meine kleinen Fehler angeht, ist er völlig blind. Und er ist viel zu stolz, um mir irgendwelche Zwänge oder etwas in der Art aufzuerlegen. Weil er genau weiß, wer bei uns das Sagen hat und dass ihn mein Privatleben nichts angeht, bleiben mir jegliche Eifersuchtsanfälle erspart.

Zusammengefasst verfügen diese drei Männer also jeweils

über vollkommen unterschiedliche, aber gleichermaßen einzigartige Qualitäten und ermöglichen mir ein ungeheuer vielfältiges und abwechslungsreiches Liebesleben. Jedenfalls wird es mir nie langweilig. Je nachdem, was für einen Abend ich verbringen will, suche ich mir einfach den passenden Liebhaber aus. Ich plane nie im Voraus und warte immer bis zur letzten Minute, bevor ich mich für einen von ihnen entscheide, schließlich weiß ich, dass der Erwählte immer bereit ist, mich zu sehen, und nur auf das leiseste Zeichen von mir wartet. Mit Rico ist es allerdings ein bisschen anders ...

Bisher habe ich mit ihm etwa ein Dutzend Nächte verbracht, und jede von ihnen hat mir nicht nur unzählige Spuren am ganzen Körper eingetragen (die natürlich vorübergehender Natur waren und überhaupt nicht unangenehm), sondern ist auch mit unvergesslichen Erinnerungen behaftet.

Rico ist der Einzige, nach dem ich permanent Sehnsucht habe und bei dem ich gelegentlich befürchte, dass nicht ich es bin, die über ihn verfügt, sondern dass es andersherum läuft. Deshalb halte ich mich mit ihm ein bisschen im Zaum. Ich habe ihn im Fitnessstudio kennen gelernt, und als er mir zum ersten Mal ins Auge fiel, dachte ich im ersten Moment, ich träume. Es schien mir kaum möglich, dass ein irdischer Mann, also kein Gott, eine derartige Sexualität ausstrahlt, ohne entweder total widerlich oder total schwul zu sein. Sein ganzer Körper war schweißgebadet, und seine dunkle Haut glänzte wie mehrfach poliertes Metall. Ich stand eine Zeit lang wie besinnungslos da, bevor ich mich wieder einigermaßen unter Kontrolle hatte ... und dann huschte ich schnell noch mal zurück in die Umkleide und schlüpfte in ein etwas vorteilhafteres Outfit. Nach ein paar Erkundigungen bei einigen der Trainerinnen – von denen etliche bereits mit Rico zusammen gewesen waren und genau wussten, worauf ich hinauswollte –, wusste ich, dass er einige Jahre als Model gearbeitet hatte. Sein Modeljob hatte es ihm erlaubt, sich ohne finanzielle

Sorgen seiner eigentlichen Leidenschaft, dem Saxofonspiel, hingeben zu können. Er hatte zwar nicht die Absicht, als Musiker groß rauszukommen, doch er liebte sein Saxofon und legte Wert darauf, hin und wieder in kleinen Jazzbands mitzuspielen, die fremde Stücke interpretierten. Und was tat er in der verbleibenden Zeit? Er trainierte seinen Körper (und wie!), indem er während des Winters Ski lief und im Sommer Klettertouren in den Bergen unternahm.

Da ich ihn unentwegt förmlich mit den Augen verzehrte, war er sich seiner Wirkung auf mich ziemlich schnell bewusst. Und Wunder über Wunder – als ich das Fitnessstudio verließ, stieß ich beinahe mit ihm zusammen. Wir plauderten ein wenig und gingen ein Stück Weges zusammen, doch zu diesem Zeitpunkt war die Flamme der Leidenschaft noch nicht wirklich entflammt. In diesem Zustand verharrte unsere Beziehung in den folgenden Wochen, auch wenn Rico immer charmant und liebenswürdig zu mir war. Ich malte mir aus, dass er bestimmt ein Dutzend Freundinnen haben musste, doch von dieser Vorstellung ließ ich mich keineswegs entmutigen.

Es war ein Stromausfall, der den Stein schließlich eines Nachmittags ins Rollen brachte ... Ich muss gestehen, dass ich plötzlich eine ziemliche Begeisterung für meine Übungen aufbrachte, seit ich Rico kannte. Nicht dass ich vorher etwa träge gewesen wäre ... aber auf einmal verbrachte ich doppelt so viel Zeit im Fitnessstudio wie zuvor. Ziemlich verrückt, nicht wahr? An diesem speziellen Nachmittag hatte ich sogar früher Feierabend gemacht, um zur gleichen Zeit im Studio zu sein wie er. Als ich ankam, war das Studio nahezu menschenleer, aber er war da und stellte wie immer seine ganze männliche Herrlichkeit zur Schau. Wir begannen gleichzeitig mit unserem üblichen Training und absolvierten unsere Übungen sogar im gleichen Takt, wobei er, um bei der vollen Wahrheit zu bleiben, sein Tempo hin und wieder ein bisschen drosseln musste (aber nur ein ganz klein wenig), damit ich mithalten konnte.

Alles lief bestens, und als wir mit unserem Programm fertig waren, verabredeten wir uns für nach dem Umziehen noch auf einen Erfrischungsdrink unten an der Bar. Ich war gerade auf dem Weg unter die Dusche, als ich mich plötzlich in absoluter Finsternis wiederfand. Im ganzen Gebäude war der Strom ausgefallen.

Ich verharrte wie angewurzelt in meinem halb ausgezogenen Gymnastikanzug und fragte mich, was wohl als Nächstes geschehen würde. Ein paar Minuten später hörte ich einen der Trainer in den Umkleidebereich kommen. Er teilte den wenigen verbliebenen Besuchern des Studios mit, dass es gefährlich sei, mit den Übungen fortzufahren, und dass sich alle umgehend nach unten zum Eingang begeben sollten. Dann klopfte er an die Tür des Duschraums und fragte, ob jemand darin sei.

»Ich muss mich nur noch anziehen und komme dann sofort runter«, erwiderte ich.

In diesem Moment erkannte ich die sonore Stimme, die jetzt erklärte, dass es einen allgemeinen Stromausfall gebe und die Behebung des Problems mit Sicherheit mehrere Stunden in Anspruch nehmen würde. Rico ... Er wartete an der Tür, um mich nach draußen zu geleiten. Ich beschloss, auf jeden Fall noch schnell zu duschen, bevor ich zu ihm ging. Ich hatte mich gerade meines Gymnastikanzugs entledigt, als ich gedämpfte Schritte hörte, die direkt auf mich zukamen. Mein Herz begann zu rasen, doch ich riss all meinen Mut zusammen und fragte:

»Wer ist da?«

Statt einer Antwort packten mich plötzlich zwei kräftige Arme an den Schenkeln, hoben mich hoch, und Rico hauchte sanft:

»Ich bin's nur. Willst du, dass ich wieder gehe?«

Als Antwort umklammerte ich mit beiden Armen seine breiten Schultern und drückte meine Lippen gegen seinen kräftigen, muskulösen Hals. Sein langes, zerzaustes Haar kitzelte mich an den Schultern und strich mir über die Brüste. In seinen Armen kam ich mir so klein vor! Er stellte mich zurück auf den Boden und legte mir einen Finger auf die Lippen, um mir zu bedeuten, dass ich mich still verhalten sollte. Als ob ich vorgehabt hätte zu protestieren! Dann nahm er meine Hand und führte mich aus dem Umkleideraum. Ich war splitternackt, aber das war mir so egal wie nur irgendwas.

Der Übungsraum war völlig verwaist und wurde nur von dem gedämpften Rot der Notfallbeleuchtung ein wenig erhellt. Im Spiegel sah man von uns nicht mehr als bloße Silhouetten: ein Riese und ein kleines Mädchen. Der Riese packte das Mädchen, hob es hoch und legte es auf die Trainingsbank. Dann beugte er sich über es, bis ihre Körper einen Fünfundvierziggradwinkel bildeten.

Ich war überrascht, wie weich seine Lippen waren und wie frisch sein Atem, doch als ich im nächsten Moment voller Genuss etwas viel Versprechendes Hartes spürte, das sich gegen mein Becken presste, hatte ich schnell anderes im Sinn. Es war eine verlockende Aussicht auf die Freuden, die mir noch bevorstanden. Er war schwer und ungestüm, und sein Liebesknochen ließ mich vor Wonne erschaudern. Ich ließ ihn begierig erst mit der Zunge meinen Mund erkunden, dann meinen Hals lecken und schließlich meine kleinen, kessen Brüste liebkosen. Als Nächstes umfasste Rico das Ende der Bank, ließ sich auf mich herabsinken und fuhr einmal schnell mit seiner Zunge hinab bis zu meinem Bauch und wieder zurück, um mich erneut heiß und innig zu küssen. Seine Haut war salzig und duftete leicht nach Mandeln und frischen Früchten.

Er hob mich erneut hoch und trug mich mühelos durch den Raum, als ob ich ein kleines Mädchen mit einem Fliegengewicht wäre. Was für ein angenehmes Gefühl! Wir kamen zu einer anderen Bank, auf der er mich behutsam ablegte. Diese Bank diente dem Training der Arm- und Beinmuskulatur und war mit Gewichten ausgestattet. Ich merkte, wie ich herabgezogen wurde, bis nur noch mein Oberkörper fest auf der Bank lag. Der Rest von mir baumelte vom Kreuz abwärts frei über dem Ende der Bank. Um nicht herunterzufallen, griff ich nach der Stange über meinem Kopf und hielt mich fest. Fast ein bisschen ängstlich ahnte ich, was als Nächstes passieren würde. Auf einmal wünschte ich, ich könnte das Ganze als Zuschauerin betrachten, als Voyeurin sozusagen. Ich wandte den Kopf nach rechts und sah im Spiegel die klaren Konturen von Ricos fantastischem Körper. Er kniete vor mir und spreizte meine Schenkel. Dann hielt er einen Moment inne und betrachtete mich, betrachtete den Körper, der da ausgebreitet vor ihm lag und sich ihm ohne das geringste Anzeichen von Widerstand bedingungslos hingab. Als seine enormen Hände anfingen, sanft die Innenseiten meiner Schenkel zu streicheln, durchlief mich ein warmer Schauer. Ganz langsam wanderten seine großen Daumen Zentimeter für Zentimeter ihrem Ziel entgegen. Ich wartete voller Ungeduld, dass diese magischen Daumen endlich meine Liebesöffnung erreichten, die inzwischen vor Erregung triefte. Doch fürs Erste mied er diesen Ort. Stattdessen massierte er zärtlich die Umgebung, öffnete und schloss sanft meine Schamlippen, weigerte sich aber, mir zu geben, worauf ich so begierig wartete. Ich spürte die Säfte zwischen meinen Beinen zusammenfließen und alles mit einer Art dicken Tauschicht benetzen, als er mit einer unglaublichen Sanftheit, die mich fast in den Wahnsinn trieb, einen Finger in mich eintauchte und an seine Lippen führte. Er kostete und seufzte zufrieden auf. Meine eigenen Seufzer zeugten bedauerlicherweise von meiner drängenden Ungeduld und verhießen alles andere als Befriedigung. Da ihm das nicht entging, spreizte er erneut behutsam meine Schamlippen und setzte meine empfindlichste Stelle der kühlen Luft und seinem Blick aus. Dann verharrte er regungslos; er sah aus, als würde er nachdenken. Als ich mich gerade damit abzufinden begann, dass wohl gar nichts mehr passieren würde, fuhr plötzlich seine

Zunge in mich hinein, die von einem neugierigen Finger begleitet wurde. Ich seufzte erlöst auf. Im Spiegel sah man den gekrümmten Körper einer Frau, der sich, getrieben von der drängenden Lust, auf der viel zu harten Bank verzweifelt aufbäumte. Ich wünschte mir inständig, dass er nicht aufhörte ... Sein Finger war so tief in mir, dass es fast schmerzte, und seine unermüdliche Zunge schleckte gierig meine Säfte. Ich hätte am liebsten geschrien, aber das Risiko war zu groß; womöglich waren wir nicht allein. Ich hatte nur noch einen Gedanken im Sinn: ihn mit beiden Händen zu packen und so tief wie möglich in mich hineinzuschieben. Ich wollte endlich wissen, ob er wirklich so toll war, wie ich es mir immer ausgemalt hatte. Ich wollte mich ihm ausliefern wie ein hilfloses Beuteopfer ... Als ob er meine Gedanken gelesen hätte, zog Rico sich seine Shorts aus und entblößte einen riesigen glänzenden Ständer, der mir geradezu entgegensprang und meine Erwartungen mehr als erfüllte. Aber ich wurde immer noch nicht erlöst ... Er schob ihn gerade mal zur Hälfte in mich hinein und zog ihn abrupt wieder heraus. Das wiederholte er noch zweimal und richtete sich dann auf.

Er fand eine weitere Trainingsstange, die zu dem Gerät gehörte, auf dem ich gerade lag, und platzierte sie direkt über meinen Beinen. Dann schob er mich ein wenig zurück, hob mich etwas an und legte meine Knie so über die Stange, dass mein Hintern über dem Ende der Bank frei in der Luft hing. Er kniete sich vor mir hin und drang mit einem einzigen Stoß in mich ein, als ob sein Schwanz ihm den Weg wies. Alles ging so schnell, dass ich von diesem rasanten Vorpreschen schier überwältigt war. Das Bild, das ich von mir im Spiegel sah, wirkte ziemlich komisch ... Ich lag ausgestreckt auf dem Rücken, meine Arme umklammerten die Stange über meinem Kopf, und meine Knie hingen über der Stange am anderen Ende der Bank. In dieser Position war ich total verwundbar und den wilden Stößen meines neuen Liebhabers hilflos ausgeliefert.

Aber wer hätte dem auch schon irgendwelchen Widerstand entgegenbringen wollen? Er war gewaltig. Es war mit Sicherheit der größte Schwanz, den ich je in mir gehabt hatte. Er dehnte mich weit aus, füllte mich bis zum Limit, zerriss mich fast. Wie Rico da hockte, überragte er mich selbst auf Knien noch um etliche Kopflängen. Ich spürte jeden Stoß bis in die Nieren, und allmählich wurde mein ganzer Unterleib taub. Als ich gerade dachte, dass ich es keine Sekunde länger aushalten könnte, begann er mich, ohne den Takt seiner harten Stöße zu verändern, zärtlich zu liebkosen, sodass ich schließlich jegliche Kontrolle über mich verlor und heftiger kam als je zuvor ... Aber für ihn war es damit noch lange nicht genug. Erst später sollte mir klar werden, dass das, was er bisher mit mir angestellt hatte, für ihn nicht mehr gewesen war als eine kleine Übung zum Aufwärmen.

In einer anderen Ecke des Raums, direkt vor der Spiegelwand, stand ein Gerät zum Trainieren der Oberarmmuskeln. Es war eine Art Sitz mit einer gepolsterten Armlehne, die mir bis an die Taille reichte, und das Gerät wartete nur darauf, sinnvoll eingesetzt zu werden. Rico ließ mich auf dem Sitz hinknien, sodass mein Hintern ihm zugewandt war und schön nach oben zeigte. Mit dem Bauch war ich so weit nach vorne auf das Polster gerutscht, dass meine Brüste zwar gestützt wurden, aber für jede Art von Liebkosungen zugänglich waren. Ich blickte direkt in den Spiegel und sah meinen etwas entrückten Gesichtsausdruck, meine feuchten Lippen und meine schweißnassen Schultern. Rico trat von hinten an mich heran, seine Waffe zielte direkt geradeaus. Sie fand von allein ihr Ziel, drang in mich ein, und er nahm mich mit all seiner Kraft. Bei jedem Stoß wurde mein Bauch gegen das Polster gedrückt, und meine Brüste hoben und schüttelten sich im Takt zu den Stößen. War das wirklich ich da vorne im Spiegel? Ich erkannte mich gar nicht mehr wieder. Ich war in die Rolle einer Zuschauerin geschlüpft, die einen jener harten Pornofilme sah, in denen die Protagonistin zum Schluss nicht mehr nur so tut als ob, sondern voll dabei ist.

Die Frau vor mir griff nach ihren Brüsten und streichelte sie voller Erregung, während der Riese hinter ihr immer tiefer in sie eindrang und sich wieder zurückzog, um beim nächsten Mal noch inbrünstiger und heftiger zuzustoßen. Dieses urgewaltige Ritual wiederholte sich, bis sie die aufwühlenden, nach Erlösung drängenden Wellen eines weiteren Orgasmus heranrollen spürte. Ihre Muskeln zogen sich zusammen, warme und kalte Schauer zuckten durch ihren Kopf, und dann rauschte plötzlich ein heißer Strom durch ihren Unterleib. Mit einem Drang, der keinen Aufschub zuließ, versuchte sie, sich zwischen die Beine zu fassen; sie wusste, dass sie nur den richtigen Punkt berühren musste, um im gleichen Augenblick zu explodieren und von einem köstlichen Höhepunkt in den Himmel gehoben zu werden. Rico erkannte ihre Absicht und hielt schlagartig inne. Er wollte, dass sie noch ein wenig wartete. In einem flehentlichen Versuch, ihn zum Weitermachen zu bewegen, stöhnte sie verzweifelt auf. Stattdessen hob er sie hoch und drang erneut hart in sie ein, während sie sich ihm mit aller Kraft entgegenstemmte und mit ihren Beinen seine Taille umklammerte. Schließlich war er es, der ihr in einem finalen Akt der Erlösung seinen rauen Finger auf ihre angeschwollene Klitoris legte. Er spürte, wie in ihr alle Dämme brachen und sie von den Wellen des Orgasmus mitgerissen wurde, und dann ließ auch er seiner Erlösung freien Lauf …

Genau in diesem Moment sahen wir den Schein einer Taschenlampe und hörten Schritte die Treppe heraufkommen. Wir flohen in den Umkleideraum und hielten uns unter der Dusche weiter umklammert.

Während ich mich anzog, verabschiedeten wir uns mit einem flüchtigen Kuss. Anschließend ließ er mich drei Tage lang schmoren, aber ich wollte ihn auf keinen Fall wissen lassen, wie sehr ich mich nach ihm verzehrte.

Dieses erste qualvolle Warten kam mir eher wie eine Woche als wie ein paar Tage vor, doch als es endlich vorbei war, sahen wir uns fast jeden Tag. Thomas und Étienne begannen sich schon Sorgen zu machen, die armen Herzchen. Aber ich sagte ihnen nichts und gab ihnen keinerlei Erklärungen. Nach etwa zehn Tagen begann ich, mich erneut nach Thomas' Zärtlichkeit zu sehnen.

Ich rief ihn an und versicherte ihm als Erstes, dass ich ihn nicht vergessen hatte und ihn sehr gerne wiedersehen würde. Er erwartete mich mit einem hinreißenden Strauß weißer Rosen … Auf dem Herd köchelte ein köstliches Abendessen, der Tisch war mit flackernden Kerzen geschmückt, und Thomas unterließ jegliche Fragerei hinsichtlich meines plötzlichen »Verschwindens« in den vergangenen Tagen. Er sagte nur, dass er sich Sorgen um mich gemacht und schon befürchtet habe, mir wäre irgendetwas Schlimmes zugestoßen. Wir verbrachten einen gemütlichen Abend in seinem Wohnzimmer, tranken Wein, hörten entspannt Musik und schliefen schließlich Arm in Arm ein, ohne uns auch nur geliebt zu haben, was mir durchaus entgegenkam, da mein Körper noch ziemlich ausgelaugt war … Es war ein wundervoller Abend.

Ein paar Tage später lud Étienne mich zu einem Theaterbesuch nach New York ein. Wir flogen in seinem Geschäftsflugzeug hin, und das ganze Wochenende kam mir vor wie Flitterwochen. Wir klapperten sämtliche Museen und Kaufhäuser ab, in denen er ein kleines Vermögen für mich ausgab, und wohnten in einem der teuersten Hotels der Stadt, wo wir alles ausprobierten, was sich in den Whirlpools, den Himmelbetten und mit Pfennigabsätzen so anstellen ließ. Er versicherte mir, dass er während meiner Abwesenheit ein braver kleiner Junge gewesen sei, bestand aber trotzdem auf einer Bestrafung, da er mehrfach masturbiert hatte …

Also unterzog ich ihn einer Strafprozedur nach der anderen und musste dabei ständig daran denken, dass ich am liebsten genauso von Rico behandelt werden würde ... Wir verabschiedeten uns am Flughafen voneinander, und als ich mich in den Rücksitz der Limousine sinken ließ, die mich nach Hause brachte, stieß ich einen tiefen Seufzer der Befriedigung aus.

Ich lebe nun schon eine ganze Weile dieses extreme Leben. Es ist natürlich ganz schön anstrengend, aber zugleich so unglaublich befriedigend! Manchmal gönne ich mir eine kurze Auszeit, in der ich ganz für mich allein bin, aber das kommt eigentlich immer seltener vor. Da ich nur den kleinen Finger bewegen muss, um zu kriegen, was ich gerade will, drängt es mich nicht unbedingt nach dem Alleinsein. Mein Leben ist geradezu idyllisch geworden, und es vergeht kein einziger Tag, an dem man mich nicht zufrieden lächeln sieht.

Und das Beste ist: All diese Erfahrungen sind Bestandteil meiner Arbeit. Ich bin einer der wenigen glücklichen Menschen, die ihre Arbeit mit dem Vergnügen verbinden können, und mein Job als Werbedesignerin erfüllt mich mehr denn je ...

Der Auftrag, an dem ich gerade arbeitete, war seit langem mein wichtigster, und er musste reibungslos und ohne irgendwelche Verzögerungen zu Ende gebracht werden. Die Auftraggeber saßen in Kalifornien, und das Projekt war hoch dotiert und würde die Krönung meiner jahrelangen harten Arbeit darstellen. Natürlich sicherte es zugleich den Erfolg meiner Firma. Deshalb betrieb ich so aufwändige und umfangreiche Recherchen und testete das Produkt selber so ausgiebig. Während dieser stressigen Phase bereiteten mir die Männer in meinem Leben wirklich Zerstreuung ...

Ein guter Werbedesigner muss das Produkt, das er bewirbt, in- und auswendig kennen. Deshalb sind meine Motive nicht nur eigennützig, wenn ich mich so ausgiebig dem Testen des Produkts widme. Natürlich habe ich meinen Spaß dabei, und mit ein bisschen Glück habe ich diesen Spaß, solange ich will ...

Da ich wusste, dass ich demnächst so beschäftigt sein würde, dass ich meine drei Herzallerliebsten eine Zeit lang nicht würde sehen können, beschloss ich, mit jedem von ihnen einen letzten, ganz besonderen Abend zu verbringen. Ich wollte immer nur einen treffen und lediglich eine einzige Nacht mit ihm verbringen, sodass ich nicht vollends befriedigt sein würde und auf jeden Fall genug Lust verspürte, sie wiederzusehen.

Diesmal war ich diejenige, die für Thomas ein köstliches Mahl zubereitete. Ich sparte an nichts und bot ihm nur das Beste vom Besten. Ich gab mir alle Mühe, nach einem Rezept etwas auf den Tisch zu zaubern, das er liebte, und sorgte für eine perfekte Atmosphäre nach seinem Geschmack. Nach dem Essen kuschelten wir uns in frischer Satin-Bettwäsche aneinander und liebten uns lange und innig, und ich genoss in tiefen Zügen seine Zuneigung und Zärtlichkeit und sog mich damit voll.

Am nächsten Tag zerrte ich Étienne eine gute Stunde lang an einer Hundeleine hinter mir her, und er entzückte mich, indem er mir aufs Wort gehorchte und all meine Anweisungen befolgte. Gebieterisch stolzierte ich in meinem Lederbikini und meinen gefährlich hochhackigen Sandaletten vor ihm herum. Ich kam mir ungeheuer aufreizend vor, die *femme fatale par excellence.* Seine absolute Unterwürfigkeit erfüllte mich mit tiefer Befriedigung.

In der folgenden Nacht fielen Rico und ich begierig im Umkleideraum des kleinen Nachtclubs übereinander her, in dem er gerade einen Auftritt hatte. Seine Musik hatte mich den ganzen Abend so richtig in Stimmung gebracht, und ich lechzte so sehr nach ihm, dass mein Körper vor Verlangen beinahe schmerzte. Nach seinem Auftritt stürzte er sich auf mich und nahm mich in einem endlosen Akt, der mir wie mehrere Stunden vorkam. Ich verließ ihn erst bei Tagesanbruch und schwankte schwindlig und mit weichen Beinen verträumt nach Hause, um vor der Arbeit wenigstens noch ein paar Stunden zu schlafen.

Es war an der Zeit, dass ich mich fürs Erste von meinen drei Liebhabern verabschiedete und mich in meine Arbeit stürzte. Vor mir lag eine gewaltige Herausforderung – die Herausforderung meines Lebens sozusagen –, aber nach meiner intensiven, einmonatigen Produktstudie, die ich gerade beendet hatte, fühlte ich mich in der Lage, diese Herausforderung mit Bravour zu meistern. Mit einem tiefen Seufzer zwang ich mich schließlich, den Joystick loszulassen und den Abschaltknopf zu drücken. Dann nahm ich mein Headset und meine Monitorbrille ab, die mich mit der fantastischen Welt der virtuellen Realität verbanden, der faszinierendsten und großartigsten Erfindung des zwanzigsten Jahrhunderts. Ich vermisse Rico schon jetzt ... die anderen beiden auch, und sogar die, die ich erst noch kennen lernen werde!

# Michaels Geburtstag

Die Hotelbar im Regency ist einer jener eleganten Orte, an denen dicke Teppiche jedes störende Geräusch verschlucken und gedämpftes Licht für eine angenehme Atmosphäre sorgt. Sorgfältig arrangiert laden mit weißen Leinendecken ausstaffierte Bartische und edle Samtsofas zum Verweilen ein. Im Hintergrund untermalt ruhige Jazzmusik das Ambiente, und die zahlreichen Gäste sind, vor allem am frühen Abend, eher von der kultivierten und erlesenen Sorte. Normalerweise ist die Bar gut besucht. An der Theke und an den Tischen drängen sich für gewöhnlich Geschäftsleute, Angehörige aller möglichen gehobenen Berufe sowie der eine oder andere Künstler, und auch an diesem Freitagabend gab es, was das Publikum anging, keine Ausnahme. Etwas später sollte in dem Hotel eine bedeutende Modenschau stattfinden.

Es war genau halb sechs, als ich die Bar zusammen mit meinem Freund Christopher betrat. Er begleitete mich unter dem Vorwand, dass er die ganze Stadt durchqueren müsse und erst die Rushhour verstreichen lassen wolle, bevor er sich auf den Nachhauseweg mache. Da ich nicht dumm bin, wusste ich natürlich genau, dass er in Wahrheit nichts anderes wollte, als einen flüchtigen Blick auf Gabrielle zu werfen.

Wir ließen uns an einem der wenigen noch unbesetzten Tische nieder, bestellten uns jeder einen Martini und lehnten uns entspannt zurück. Es war gerammelt voll. Eine typische Hotelbar: Jeder der aufgedonnerten Gäste quatschte ohne Unterlass auf sein Gegenüber ein, ohne einer etwaigen Erwiderung auch nur die geringste Beachtung zu schenken, weil ohnehin jeder nur damit beschäftigt war, die Aufmerksamkeit auf sich zu ziehen und sein Martiniglas korrekt zu halten. Christopher nippte an seinem Drink und sagte:

»Bist du sicher, dass sich Gabrielle wirklich hier mit dir treffen wollte? Ich sehe jedenfalls weit und breit niemanden, der hier in Jeans rumläuft …«

»Stell dir vor: Sie hat mir gestern Abend versprochen, sich aus dem besonderen Anlass wie eine richtige Frau herauszuputzen. Sie weiß nämlich, welche Wirkung das auf mich hat. Deshalb hat sie uns auch gleich für diese Nacht ein Hotelzimmer gebucht.«

Der »besondere Anlass«, von dem ich sprach, war im Grunde nichts weiter als mein Geburtstag, aber Gabrielle maß ihm eine besondere Bedeutung bei und legte jedes Mal ihr ganzes Herz und viel Fantasie darein, mir einen unvergesslichen Tag zu bereiten.

In diesem Jahr begann sie mich schon zwei Monate vor meinem Geburtstag zu bedrängen. Sie wollte Anregungen hören, damit ihr etwas einfiel, womit sie mir diesmal eine ganz besondere Freude bereiten konnte.

»Ich wünsche mir dich in einem aufreizenden Spitzenkleid«, sagte ich, »und mit scharfen Netzstrümpfen und in diesen hochhackigen Pumps, die mich so verrückt machen.«

»Das kannst du doch auch so haben! Denk noch mal nach! Was würde dich wirklich antörnen?«

»Überrasch mich einfach!«

Danach kam sie nie wieder auf das Thema zurück. Im Grunde präsentierte sie mir überhaupt keine Ideen mehr, bis ich mich schließlich fragte, ob sie meinen Geburtstag womöglich ganz vergessen hatte.

Am Nachmittag des Vierundzwanzigsten, also genau einen Tag bevor es unweigerlich so weit war und ich wieder ein Jahr älter wurde, rief sie mich in der Arbeit an und eröffnete mir, dass ich meinen Geburtstagsabend mit ihr zusammen verbringen würde. Ferner teilte sie mir mit, dass wir im Regency zu Abend speisen würden und sie dort auch ein Zimmer gebucht habe. Und wenn sie am Ende des Abends noch genug Energie aufbringe, fuhr sie fort, würde sie mich zwingen, mich nackt auszuziehen, und mich von oben bis unten mit Champagner voll spritzen, den sie dann von mir ablecken wolle, bis sie völlig betrunken sei.

Die Aussicht auf diesen Abend schien mir exzellent, vor allem der Part mit dem Champagner.

Am Tag meines Geburtstags rief sie mich erneut in der Arbeit an.

»Ich muss den ganzen Tag dringende Besorgungen erledigen. Um wie viel Uhr wolltest du im Regency sein?«

»Keine Ahnung ... ich dachte so zwischen fünf und halb sechs.«

»Das ist genau die Zeit, die ich mir auch gedacht habe. Treffen wir uns statt im Zimmer lieber in der Hotelbar, okay? Es tut mir wirklich Leid, mein Süßer, aber ich weiß beim besten Willen nicht, wann ich mit allem fertig bin. Möglicherweise wird es halb sieben. Tut mir wirklich Leid ...«

»Kein Problem. Ich gönne mir einfach einen Drink, während ich auf dich warte. Schließlich habe ich Geburtstag ... Und wer weiß, vielleicht finden sich ja ein paar einsame Jungfern, die mir ein bisschen Gesellschaft leisten.«

»Okay, ich habe verstanden und werde mein Möglichstes tun, pünktlich zu sein. Aber eins kann ich dir versprechen: Wenn ich dich in den Armen irgendeiner verlassenen Schlampe vorfinden sollte, werde ich dich ohne viel Federlesens aus ihnen herausreißen ...«

»Sei nachsichtig!«

»Ich liebe dich. Bis nachher!«

So war ich also in dieser Hotelbar gelandet, zusammen mit Christopher, der neben mir saß und dem angesichts der vielen anwesenden Frauen fast die Augen übergingen. Er war es damals gewesen, der mich mit Gabrielle bekannt gemacht hatte, jener Frau, der ich angetragen hatte, mich an diesem Abend zu überraschen. Bevor ich auf der Bildfläche erschienen war, hatte er sich an sie herangemacht und versucht, sie zu erobern, aber er war jämmerlich gescheitert. Wie auch immer, er machte mir jedenfalls keinen Vorwurf daraus, dass ich ihn ausgestochen hatte, und war trotz seiner Abfuhr immer noch ein bisschen hinter ihr her. Aus genau diesem Grund hatte er auch plötzlich keine Eile mehr, nach Hause zu kommen, als ich ihm erzählt hatte, dass Gabrielle sich heute für mich so richtig herausputzen wollte.

»Damit eins klar ist«, sagte er, »ich werde diesen Ort nicht verlassen, bevor ich gesehen habe, was sie anhat.«

»Es ist schon sechs Uhr. Wo bleibt sie nur?«

»Sie hat doch gesagt, dass sie frühestens um halb sieben kommen wollte. Außerdem muss es verdammt schwer für sie sein, sich zwischen ihren einzigen beiden Kleidern zu entscheiden …«

Die Garderobe von der Gabrielle, die ich kannte, bestand in der Tat in erster Linie aus Jeans, Unterwäsche und übergroßen Sweatshirts, und als Schuhwerk bevorzugte sie, von den seltenen Gelegenheiten abgesehen, zu denen sie mit Cowboystiefeln erschien, vor allem Sneakers. Sie schminkte sich nur selten, und wenn sie ausnahmsweise doch einmal Make-up benutzte, dann trug sie es äußerst dezent auf. Hochhackige Schuhe trug sie so gut wie nie, außer sie hatte es darauf angelegt, mich zu verführen. Wenn sie sich hin und wieder in ein etwas anmutigeres, feminineres Outfit hüllte, dann nur zu dem Zweck, mir damit eine Freude zu bereiten. Leider hatte sie in ihrem Schrank kaum derartige Kleidung, was wirklich schade ist, aber was soll man tun …? Sie wusste, dass ich sie in ihrem femininen Outfit unwiderstehlich fand, aber sie erzählte mir immer wieder, dass sie sich in derartigen Kleidern, die sie abfällig als »Weibertracht« bezeichnete, einfach nicht wohl fühlte.

»Ich bin sicher, dass uns die Augen übergehen werden«, sagte ich. »Gabrielle kann wirklich verdammt gut aussehen, vor allem, wenn sie …«

Der Satz blieb unvollendet, und nicht nur mein Satz. Sämtliche Männer hörten gleichzeitig auf zu sprechen. Kein Wunder! Soeben hatte eine Frau die Bar betreten, die irgendeine Art Filmstar sein musste und die allein durch ihr Erscheinen augenblicklich zum begehrten Lustobjekt jedes anwesenden Mannes wurde und jegliche Unterhaltung schlagartig zum Erliegen brachte. Sie war ein erotischer Traum, der Wirklichkeit geworden war …

Sie hatte feuerrotes langes Haar, das ihr in einer flammenden Kaskade bis zur Taille hinabfiel. Ihr schwarzes, hochgeschlitztes Kleid entblößte einen Teil ihrer Schenkel und saß wie eine zweite Haut. Sie stöckelte auf umwerfenden schwarzen Schuhen mit Schwindel erregend hohen, durchsichtigen Absätzen durch den Raum. Ihre Fingernägel und ihre Lippen waren knallrot angemalt, und als einziges Schmuckstück zierte eine einzelne Perlenkette ihren langen, zierlichen, wunderschönen Hals. Es war unmöglich, sie nicht anzusehen … sie nicht zu begehren. Sie hatte diese verlockende Anziehungskraft und die unerschütterliche Selbstsicherheit eines Topmodels. Ihr Make-up betonte in geradezu perfekter Weise ihre eigenartigen, exotischen grünen Mandelaugen und ihre schmalen Augenbrauen, die die gleiche rote Farbe hatten wie ihr Haar. Sogar ihre Brille verlieh ihr einen Hauch des Geheimnisvollen. Ihre Augen waren fast ein bisschen zu grün … und dann diese Lippen!

Christopher kam als Erster wieder zur Besinnung. Er schüttelte den Kopf, als ob er seine Gedanken ordnen wollte, und schluckte vernehmbar. Ich hingegen verharrte wie in Trance und verfolgte weiterhin jede Bewegung dieser geheimnisvollen Frau. Sie ging an die Bar, ließ sich auf einem Barhocker nieder und machte es sich bequem; offensichtlich war sie ohne Begleitung. Ich hatte das merkwürdige Gefühl, sie schon einmal irgendwo gesehen zu haben. Aber wo? Ein Zusammentreffen mit einem so bezaubernden Wesen hätte ich doch nie und nimmer vergessen! Nachdem ich sie etwa dreißig Sekunden mit den Augen verzehrt hatte, stellte ich sie mir bereits ohne Kleid vor, nur in ihren umwerfenden Schuhen, den Seidenstrümpfen und mit ihrer Brille. Zu meiner Bestürzung spürte ich, wie ich bei diesem Gedanken unweigerlich hart und härter wurde, und wie es schien, ließ sich meine Erektion nicht einmal durch meine plötzlich aufkommenden Schuldgefühle Gabrielle gegenüber im Zaum halten. Ich zwang mich mit aller Kraft, an meinen süßen Schatz zu denken.

Um die einschlagende Wirkung dieser Granate von Frau zu unterdrücken, rief ich mir alles vor Augen, was mich an meiner Süßen schon immer entzückt hatte, angefangen mit ihrem frühmorgendlichen Anblick, wenn ihr Gesicht vom Schlaf noch ganz entrückt wirkt. Bilder jener Frau, die ich nie aufhöre zu lieben, selbst dann nicht, wenn ich von der Arbeit nach Hause komme und sie zusammengesunken auf der Couch vor dem Fernseher vorfinde oder wenn sie nach ihrer Aerobicstunde vor Schweiß trieft oder wie ein aufgelöstes Nervenbündel am Steuer hockt und einen Wutanfall kriegt ... Wenn ich ihr je untreu gewesen bin, dann höchstens im Geiste, zum Beispiel bei Gelegenheiten wie dieser, wenn mich die Anwesenheit einer jungen Schönheit geradezu aus der Fassung brachte und ich meinen Gedanken in unschuldiger Absicht einen kleinen Abstecher auf fremdes Terrain gestattete ... Aber welcher Mann will schon ernsthaft behaupten, noch nie derartigen Fantasien erlegen zu sein?

Christophers Gedanken mussten einen ähnlichen Abstecher gemacht haben wie meine (wobei ihm die Schuldgefühle sicher erspart geblieben waren), denn er rückte mit seinem Stuhl näher an den Tisch heran und murmelte: »Gegen das, was diese Frau da abzieht, müsste es ein Gesetz geben ... Puh! Ich weiß ja, dass du in festen Händen bist, aber was würdest du tun, wenn eine Frau wie diese zu dem Schluss käme, dass sie dich will. Dich, und niemand anders?«

Ich schluckte bestürzt. »Ich weiß nicht«, stammelte ich. »Aber ich bin sowieso nicht ihr Typ, und außerdem ...«

»Ein Telefongespräch für Mr. Michael Peterson!«

»Ah! Das Klingeln hat mich gerettet. Es muss Gabrielle sein.«

Es war nicht Gabrielle. Stattdessen war es ihre Freundin Dana, die mich informierte, dass Gabrielle bereits auf dem Weg sei, dass ich mich aber noch ein wenig gedulden müsse. Sie war soeben von Danas Wohnung aufgebrochen, aber bei dem Verkehr, der um diese Uhrzeit herrschte, würde sie für den Weg sicher noch eine Stunde brauchen. Ich war ein bisschen enttäuscht, aber als ich sah, dass die Rothaarige mich mit einem interessierten Blick bedachte, löste sich meine Enttäuschung schlagartig in nichts auf. Ach was! Wahrscheinlich war ich nur wieder mal meiner Einbildungskraft erlegen ... Ich ging zurück an meinen Platz und kämpfte vergeblich dagegen an, knallrot anzulaufen. »Willst du noch einen Drink?«

»Ja, gerne. War es Gabrielle?«

»Nein, ihre Freundin Dana.«

Er versicherte mich sofort seines Mitgefühls, als ich ihm die Situation auseinander setzte, und erklärte sich umgehend bereit, mir dann eben noch ein bisschen länger Gesellschaft zu leisten. »Schließlich sind wir Freunde!«

Ich war mir zwar nicht sicher, ob hier wirklich nur gut gemeinte Freundschaft im Spiel war ... aber egal, ich dankte ihm für seine Zuvorkommenheit.

Im nächsten Moment kam ein Kellner mit einem Tablett an unseren Tisch. »Die bezaubernde Dame, die da vorne an der Bar sitzt, würde Ihnen gerne diesen Drink zukommen lassen, Mr. Peterson.«

»Das ist wirklich nett von ihr, aber ich warte auf meine Freundin ...«

»Das hat sich die Dame auch gedacht, als sie Sie eben ans Telefon gehen sah, aber sie würde sich trotzdem freuen, wenn Sie den Drink annähmen.« Der Kellner zwinkerte mir aufmunternd zu und machte nicht den Eindruck, als ob er unverrichteter Dinge wieder abziehen würde. Also nahm ich den Drink unter dem Vorwand an, die schöne Fremde nicht kränken zu wollen.

Ich versuchte Blickkontakt zu der Traumfrau aufzunehmen, um ihr freundlich zuzuprosten, doch sie war gerade in eine angeregte Unterhaltung mit einem anderen Mann vertieft, den sie offenbar anziehend fand. Jedenfalls schenkte sie mir keinerlei Beachtung. Dafür wirkte Christopher plötzlich etwas ungehalten.

»Warum immer du? Du, der du bereits eine hinreißende Freundin hast, während ich mit leeren Händen dastehe und nichts habe außer meiner linken Hand und meinem Kopfkissen? Warum?«

Es war inzwischen halb sieben ...

Der Rotschopf redete immer noch mit dem Mann, doch er wirkte mittlerweile ziemlich angeheitert. Es war ganz offensichtlich, dass er nur noch eines im Sinn hatte. Vielleicht sollte ich einfach zu ihr gehen und mich für den Drink bedanken. Es wäre ein guter Vorwand, sie aus dieser sicher zunehmend lästigen Situation zu befreien. Oder ich könnte auch den Kellner bitten, ihr auf meine Rechnung einen Drink hinzustellen, aber bei meinem sprichwörtlichen Glück würde garantiert im ungünstigsten Moment Gabrielle aufkreuzen und mich wie einen Vollidioten dastehen lassen. Mit der Ankündigung, dass er nun wirklich langsam aufbrechen müsse, riss Christopher mich abrupt aus meinen Träumereien. Ich musste ihm hoch und heilig versprechen, ihm jedes Detail haarklein zu erzählen, falls es an diesem Abend noch zu irgendwelchen überraschenden Entwicklungen kommen sollte; natürlich war mir klar, dass er den Rotschopf meinte.

»Glaub mir, ich würde am liebsten ... Also, ich gebe Gabrielle noch einmal weitere dreißig Minuten ...«

Allmählich hatte ich von der Warterei die Nase voll. Da hatte Gabrielle mich mit so verheißungsvollen Versprechungen hierher gelockt, und jetzt ließ sie mich einfach sitzen und mich an meinem Geburtstag zu Tode langweilen. Ich fing an, mir einzubilden, dass sie mich mit voller Absicht hier schmoren ließ und mich bewusst der frustrierenden Verlockung verbotener Köder aussetzte. Vielleicht hatte sie es sogar darauf angelegt, meine Widerstandsfähigkeit gegen unabweisbare Versuchungen zu testen.

Nachdem Christopher gegangen war, konnte ich mich ungestört und mit Muße der Bewunderung dieser Traumfrau hingeben. Ich wartete, dass sie in meine Richtung blickte, damit ich mich endlich mit einer kleinen Geste für den Drink bedanken konnte. Der Mann, der sie so aufdringlich anmachte, gab schließlich auf und ging. Endlich wandte sie den Blick in meine Richtung, doch sie sah an mir vorbei. Sie wirkte völlig entrückt, wie in einer anderen Welt, einer anderen Bar in irgendeiner anderen Stadt. Dann sah sie sich plötzlich schnell nach allen Seiten um, als ob sie die versteckte Kamera suchte oder den passenden Winkel, um sich in Pose zu setzen. Schließlich fand sie ihre Position ... Von meinem Platz aus sah ich, wie der seitliche Schlitz an ihrem Kleid sich noch weiter öffnete und den Blick auf die obere Spitzenborte ihres Strumpfes freigab. Einer ihrer Schuhe baumelte lässig auf dem großen Zeh und hypnotisierte mich geradezu. Ohne auch nur einen einzigen Muskel zu bewegen, ließ ich meine Augen langsam über ihren Körper zu ihren vollen Brüsten hinaufwandern, die auf ihrem Arm ruhten und von diesem beinahe vollständig aus dem Ausschnitt gedrückt wurden. Fasziniert betrachtete ich eine einzelne flammend rote Haarsträhne, die genau in dem samtweichen Spalt zwischen ihren Brüsten verschwand.

Meine Fantasie begann mich mit unglaublichen Bildern zu quälen. Ich sah diese eine rote Haarsträhne um meine Finger gewickelt. Durfte es erlaubt sein, dass eine Frau solche Haare hatte? Meine Sinne waren hellwach, arbeiteten aber nur noch selektiv. Die mich umgebenden Bargeräusche nahm ich nicht länger wahr, stattdessen hörte ich nur noch das Rauschen meines Blutes, das mir mit aller Macht in die Leistengegend schoss. Ich war auch blind für meine Umgebung, hatte nur noch Augen für diese göttliche Erscheinung ... In meiner Vorstellung schwebte sie über mir, in einem riesigen Bett mit Satinwäsche, und ihre rote Mähne bedeckte meine Augen, meinen Mund ... Oh, verdammt! Ich war hart wie ein Fels.

Ich versuchte meine wilden Fantasien ein weiteres Mal zu unterdrücken, indem ich mir Gabrielle vor Augen rief. Meine süße, liebenswürdige, blonde Gabrielle, die mit ihrem kurzen Haarschnitt ein entzückender kleiner Wildfang war. Meine außergewöhnliche kleine Gabrielle mit ihren einzigartigen blauen Augen, Augen, die so viel sagend waren, dass sich oft jedes weitere Wort erübrigte, vor allem im Bett.

Ich wandte mich ab und wurde vor Verlegenheit knallrot. Sie hatte mich ertappt, meine Begierde musste mir im Gesicht geschrieben stehen ... Ich war von ihrer bloßen Gegenwart so gefesselt, dass ich offenbar nicht einmal mehr meine Körpersprache unter Kontrolle hatte. Dieser Lippenstift ... auf Lippen, die so voll waren wie die von Gabrielle, und diese Brille, die ihr zugleich einen seriösen und verspielten Ausdruck verlieh ... Das alles war genug, um einen Mann um den Verstand zu bringen. »Bitte Gabrielle, komm endlich, damit ich wie ein brünstiges Tier über dich herfallen kann! Bitte, beeil dich!«

Ich riskierte einen erneuten Blick auf die rothaarige Versuchung. Sie hatte sich von ihrem Barhocker erhoben und beugte sich auf Ellbogen über die Theke, als ob sie ein paar diskrete Worte mit dem Barkeeper wechseln wollte. Sie flüsterte ihm etwas zu und sah dann mit einem unschuldigen Blick in meine Richtung. Doch es waren weiß Gott nicht ihre Augen, die mich in den Bann zogen ... Wie sie da jetzt stand, hatte sie ihre Brüste lasziv gegen die Marmortheke gedrückt. Sie musste auf jeden Fall genau wissen, dass ich sie beobachtete, denn in diesem Augenblick begann sie mit einer kleinen Performance, die ausschließlich für meine Augen bestimmt war, jedenfalls bildete ich mir das ein. Sie wippte mit leichten und sinnlichen Bewegungen vor und zurück, sodass ihre Brüste sich sanft an der Marmorplatte rieben. Es sah aus wie eine Art erotischer Tanz ... Ich sah, wie ihre Nippel sich aufrichteten. Als Nächstes legte sie den Kopf auf die Schulter und schloss für einen Moment die Augen, ohne jedoch ihr kleines verführerisches Spiel zu unterbrechen. Dann pickte sie mit ihren langen Fingern einen Eiswürfel aus ihrem Drink, führte ihn sich genussvoll an die Lippen, umschmiegte ihn, als ob sie ihn küsste, und platzierte ihn schließlich auf ihrer hinreißenden kleinen rosa Zunge. Dort ließ sie ihn schmelzen und das Wasser über ihre Finger laufen, die sie sich lüstern ableckte; dabei sah sie mir gleichzeitig direkt in die Augen.

Das war endgültig zu viel! Ich musste diesen Ort verlassen, und zwar schnell; meine Selbstbeherrschung und meine Liebe zu Gabrielle standen auf dem Spiel. Ich kam mir vor, als ob ich in einer dieser Filmszenen mitspielte, die in Zeitlupe ablaufen und in denen der gesamte Hintergrund verschwimmt und nur die Femme fatale zu sehen ist, wie sie gerade all ihre erotischen Register zieht und den hilflosen Helden (also mich!) nach allen Regeln der Kunst verführt ... Sie ging jetzt wirklich fast ein bisschen zu weit, doch wie es schien, war ich der Einzige, der von ihrer Performance in den Bann geschlagen wurde, aber vielleicht war ihre kleine Show ja tatsächlich einzig und allein an mich gerichtet – so unglaublich das auch klingen mag. Jedenfalls schien das, was sie da aufführte, die anderen Bargäste nicht im Geringsten zu beeindrucken …

Es war wie Folter, aber ich saß hilflos in der Falle. Mein Körper machte jeden Fluchtgedanken zunichte: Ich hatte einen Ständer wie noch nie, und es war gar nicht daran zu denken, aufzustehen und zu gehen. Ich holte einmal tief Luft und sah in der verzweifelten Hoffnung Richtung Eingang, dass diejenige, die mir diesen Schlamassel eingebrockt hatte, sich endlich blicken ließ. Doch in diesem Augenblick wurde alles noch schlimmer … Der Rotschopf kam direkt auf mich zu. Ich warf einen weiteren verzweifelten Blick zum Eingang. Keine Gabrielle in Sicht … Und zu allem Überfluss begann sich die Bar auch noch allmählich zu leeren. Die Frau kam immer näher, schritt trotz ihrer unmöglichen Schuhe voller Anmut auf mich zu, wobei der Schlitz in ihrem Kleid sich bei jedem Schritt weit öffnete und den Blick auf ihre langen, seidenbestrumpften Beine freigab. Und ihre Nippel … so steif und aufgerichtet, als wollten sie sich jeden Moment durch den Stoff ihres Kleides bohren … und diese schlanken Finger mit den rot lackierten Nägeln, die sie jetzt um ihre Brille gelegt hatte …

Sie huschte hinter meinen Stuhl und hauchte mir ins Ohr: »Ihre Freundin ist offenbar immer noch nicht da … Darf ich Ihnen vielleicht ein wenig Gesellschaft leisten?«

Es war eine sanfte, leise Stimme, und sie verriet den Hauch eines britischen Akzents. Ein blumiges, markantes Parfüm … Die Spannung in meiner Hose nahm noch einmal zu …

Ich machte Anstalten, mich zu erheben, und stammelte: »Sie muss jeden Moment kommen. Es kann sich nur noch um Minuten handeln, da bin ich ganz sicher …«

»An Ihrer Stelle würde ich lieber nicht aufstehen … Meinetwegen müssen Sie sich wirklich nicht in Verlegenheit bringen. Also, dann vielleicht ein andermal. Okay …«

»Oh, ja. Natürlich, vielleicht …«

Sie ging um den Tisch herum, bis sie in ihrer ganzen hinreißenden Pracht direkt vor mir stand, und nahm ihre Brille ab. Dann sah sie mich viel sagend an, biss sich, genau wie Gabrielle es immer tat, auf die Unterlippe … und im nächsten Moment umspielte ein spöttisches Lächeln ihre knallroten Lippen. Ihre Nähe ließ mich jetzt Details erkennen, die mir bisher entgangen waren, und dann fiel ganz langsam der Groschen, und es machte klick. Wenn der Verstand vor blinder Begierde völlig paralysiert ist, dauert es eine Weile, bis die Wahrnehmung in die entsprechenden Hirnzonen vordringt, doch schließlich erkannte ich sie. Sie trug getönte Kontaktlinsen und hatte ihre Augenbrauen dem Rot ihrer Perücke angepasst. Ich hatte sie noch nie mit so viel Make-up gesehen, erst recht nicht mit so dick aufgetragenem Lippenstift, aber ich hatte keinen Zweifel … Es war tatsächlich Gabrielle!

»Willst du das Spiel noch ein bisschen weiterspielen?«

»Gabrielle! Ich kann es kaum glauben!«

»Aber es scheint dir zu gefallen … Also, wollen wir noch ein bisschen weitermachen?«

»… Okay … Aber ich kann nicht aufstehen!«

»Warum solltest du auch aufstehen wollen?«

Sie setzte sich die Brille wieder auf und ließ sich direkt mir gegenüber nieder. Dann stützte sie ihre Ellbogen auf den Tisch, senkte ihren Oberkörper und begann ihre Brüste sinnlich an der Tischdecke zu reiben. Ich war fasziniert, irritiert, überwältigt …

»Wie hast du das alles so hingekriegt?«

»Hey, was ist los? Willst du jetzt weiterspielen oder nicht?«

»Okay. Hm, also, vielen Dank für den Drink, den Sie mir vorhin spendiert haben.«

»Keine Ursache. Ich bin zur Zeit hier auf der Durchreise und sehe keinen Grund, warum ein gut aussehender Mann unbedingt den ganzen Abend allein warten sollte … Ich möchte

Sie einfach ein bisschen kennen lernen, solange wir auf die Ankunft Ihrer Begleiterin warten.«

Ich spürte etwas meine Beine hinaufgleiten. Sie lehnte sich bequem auf ihrem Stuhl zurück und leckte sich die Lippen wie ein zufriedenes Kätzchen. Dann lächelte sie mich aufreizend an.

Ich war völlig baff. Es war einfach unglaublich. Sie hatte sich komplett und vollständig verwandelt … Und obwohl ich nun Bescheid wusste, war die physische und psychische Wirkung dieses unglaublichen Wesens auf mich unverändert, nur dass die Schuldgefühle, die mich vorhin noch belastet hatten, sich zu meiner unermesslichen Erleichterung in nichts aufgelöst hatten.

»Sie sind nicht von hier, oder? Jedenfalls habe ich Sie bisher noch nie gesehen …«

»Nein, ich bin heute Nachmittag aus London hergeflogen.« Ihr Bein rutschte noch ein bisschen weiter meinen Oberschenkel hinauf. »Ich bin wegen der Modenschau hier.«

»Sind Sie Model?«

»Nein, Fotografin.«

Ich war zu keiner weiteren Unterhaltung fähig. Sie hatte meinen Schwanz zwischen ihre beiden Füße genommen und knetete und massierte ihn, erst ganz sanft und dann immer heftiger. Er war so steif, wie es nur irgend ging, und sie wusste genauso gut wie ich, dass ich wie ein aufgegeilter Milchbubi ungehemmt in meiner Hose kommen würde, wenn sie nicht sofort aufhörte. Mir rann der Schweiß den Rücken hinunter, und ich fragte mich plötzlich besorgt, ob die anderen Gäste nicht mitbekamen, was mit mir passierte. Doch dank der langen weißen Tischdecke, die bis auf den Boden reichte, war Gabrielles »Unter-dem-Tisch-Akrobatik« für die anderen unsichtbar. Ohne jeden Zweifel hatte sie dieses Detail in ihr genau geplantes Vorhaben mit einbezogen … Schließlich zog sie einen Fuß weg und verschaffte meiner drohenden Explosion etwas Aufschub. Dann nahm sie ungezwungen ihr Glas und ließ ihre freie Hand beiläufig unter dem Tisch verschwinden. Nach einer Weile setzte sie das Glas wieder ab und sah mich einen Moment lang wortlos an. Schließlich richtete sie sich ein wenig auf, beugte sich vor und kam mit ihrem Mund dicht an mein Ohr.

»Ich habe hier etwas für dich«, hauchte sie.

Mit diesen Worten reichte sie mir ihren knappen Slip, dessen sie sich mit Hilfe jener unsichtbaren Technik, die nur von Frauen beherrscht wird, unter dem Tisch entledigt hatte, ohne dass ich davon etwas mitbekommen hatte. Ich nahm ihn entgegen und führte ihn mir diskret an die Nase. Ihr Parfüm, das sich mit dem süßen Duft ihres Körpers vermischte, ließ mich erbeben.

Als Nächstes hielt sie mir ihre Hand hin. Ich griff sie und küsste sie und roch erneut dieses süße, wolkige, betörende Parfüm. Ich leckte begierig ihre Hand und kostete es. Sie entzog mir die Hand und ließ ihre eigene Zunge sinnlich durch ihre Finger gleiten. Dann streichelte sie mit genau dieser Hand ihren Hals und ließ sie langsam hinabwandern bis in den Spalt zwischen ihren Brüsten. Völlig unvermittelt fegte sie auf einmal mit einer schnellen, bewusst achtlosen Bewegung den Untersetzer meines Glases auf den Boden.

»Du solltest ihn wieder aufheben«, hauchte sie mir zu.

Ich beugte mich hinab und warf einen schnellen Blick unter die Tischdecke. Sie hatte sich ihr Kleid bis zu den Schenkeln hochgezogen, und zwischen ihren langen, gespreizten Beinen sah ich ihre vor Feuchtigkeit glänzende Liebesspalte. Eine Hand hatte sie unter den Rand ihres Strumpfes geschoben, mit der anderen streichelte sie emsig ihre Pussi. Diese knallroten Fingernägel hatten es mir wirklich angetan … Ihre Schamlippen waren vor Erregung angeschwollen, und sie wurde von Sekunde zu Sekunde feuchter, heißer und gieriger.

Ich konnte mich keinen Augenblick länger zurückhalten. »Los, lass uns gehen«, drängte ich.

»Ich habe mein Glas noch gar nicht ausgetrunken.«

»Ich kann aber nicht mehr.«

»Ich habe hier das Sagen. Außerdem steht unser Essen noch aus.«

»Wir können das Essen ja auf später verschieben.«

»Kommt gar nicht in Frage. Ich habe extra ein ganz spezielles Taxi bestellt, das uns ins Restaurant bringt. Ich bin zu dem Schluss gekommen, dass wir besser doch nicht im Hotel essen.«

Als sie meine Enttäuschung sah, entspannte sich ihr Gesichtsausdruck, und ich hoffte, dass sie Mitleid mit mir hatte und wir das Ganze doch schnell zu seinem erlösenden Ende brachten.

Sie führte mich aus der Bar zum Hoteleingang, wo uns eine lange schwarze Limousine erwartete. Sie befahl mir einzusteigen und wies den Chauffeur an loszufahren. Mit einem Summen glitt die schwarze Trennwand zwischen den Vorder- und Rücksitzen hoch und entzog uns den neugierigen Blicken des Fahrers.

»Wohin fahren wir?«, fragte ich.

»Oh, das wirst du schon sehen. Aber fürs Erste dürfte es dir vermutlich egal sein, wohin wir fahren.«

Sie sah mir direkt in die Augen und begann, sich ganz langsam ihr Kleid auszuziehen. Aber nur das Kleid ... sodass sie jetzt lediglich mit einem trägerlosen schwarzen Push-up-BH und ihren Seidenstrümpfen bekleidet war; außerdem trug sie noch ihre Perlenkette und ihre aufregenden Schuhe. Passend zu alldem stand eine Flasche Champagner bereit, die sie mit geübter Hand entkorkte. Sie füllte ein einzelnes Glas und befahl mir in einem Ton, der keinen Raum für irgendwelche Diskussionen ließ, zu trinken. Dann langte sie in ihre Handtasche und entnahm ihr ein Seidentuch, das sie um meine Handgelenke wickelte, um mich anschließend am Türgriff festzubinden. Ich ließ sie willig gewähren.

»Ist nur ein kleiner Spaß«, versicherte sie mir. »Herzlichen Glückwunsch zum Geburtstag, Michael!«

Sie füllte mein Glas erneut, nahm selber einen kräftigen Schluck und ließ den Champagner langsam in meinen Mund fließen. Ich spürte, wie er allmählich in mich hineinrieselte; er war leicht angewärmt und schmeckte nach ihr. Sie leckte mir ein paar daneben gegangene Tropfen vom Kinn und begann mich leidenschaftlich – fast ein bisschen aggressiv – zu küssen. Ihre Zunge erkundete mit schnellen Bewegungen meinen Mund, glitt dann über mein Gesicht und weiter hinab bis zu meinem Hals. Schließlich kippte sie sich etwas Champagner über ihre Brüste, schleckte sie ab und lächelte mich verschmitzt an.

Ich war unfähig, ein Wort herauszubringen oder mich zu bewegen … Das Einzige, was ich konnte, war, ihrem Schauspiel, das sie da für mich abzog, wie gebannt zuzusehen … und ich hatte bestimmt keinen Grund, mich zu beklagen! Sie kippte sich erneut ein wenig Champagner über ihre Brüste und ließ mich davon kosten. Diese göttliche Mischung aus Champagner und dem köstlichen lieblichen Aroma ihrer Haut war unvergleichlich. Von jedem Schluck, den sie nahm, ließ sie auch mir etwas zukommen, und diese prickelnde Mischung aus Champagner und unserem Speichel hatte eine berauschende Wirkung.

Schließlich setzte sich Gabrielle auf den Sitz mir gegenüber. Sie spreizte die Beine und liebkoste sich erneut langsam und genüsslich. Mit ihren rot lackierten Fingernägeln öffnete sie ihre empfindlichen rosigen Lippen und berührte ihren magischen Punkt. Natürlich spannte sie mich damit noch ein bisschen mehr auf die Folter.

Diese Frau, meine Frau … die ja gleichzeitig auch eine andere war … Ich hätte alles dafür gegeben, sie anfassen zu können, sie zu küssen und es ihr mit meiner Zunge und meinen Fingern zu besorgen. Ihr Atem ging vor Erregung immer schneller, während sie sich in den folgenden Minuten unaufhörlich weiterstreichelte. Dann hörte sie plötzlich auf: Offenbar hatte sie gemerkt, dass sie zu schnell kam, wenn sie so weitermachte.

Sie kniete sich vor mich und knöpfte mir mit einer schier unerträglichen Langsamkeit mein Hemd auf. Dann zog sie mir die Hose aus und streichelte mich mit derart zarten, fast nur angedeuteten Berührungen, dass mich meine nach Erlösung drängende, unerträgliche Erregung erzittern ließ und fast in den Wahnsinn trieb. Ich dachte, dass ich jetzt endlich in sie eindringen konnte ... Doch dann sagte sie:

»Ich will dich eine Minute lang ansehen. Ich will deine Ungeduld sehen. Will sehen, wie hart und bereit du bist.«

Das konnte sie haben – kein Problem!

Doch sie belohnte mich nicht mit der lang ersehnten Erlösung. Stattdessen kippte sie sich erneut Champagner über ihren Körper und begann sich ein weiteres Mal von oben bis unten selbst zu liebkosen. Die prickelnde Flüssigkeit rann ihr über den Busen, lief weiter über ihren Bauch und hinab zwischen ihre Beine ... Mit einer schnellen Bewegung löste sie den Verschluss ihrer Perlenkette, umfasste mit jeder Hand ein Ende der Kette und ließ sie über ihren Bauch hinabwandern zwischen ihre Beine, wo sie schließlich in ihrer feuchten Spalte verschwand. Dann zog sie die Kette zwischen ihren Lippen hin und her, erst ganz behutsam, dann immer schneller. Fasziniert sah ich zu, wie die Perlen von ihren Säften zu glänzen begannen. Schließlich wickelte sie sich ein Stück Kette um einen Finger und führte diesen tief in sich ein, zog ihn ein Stück weit wieder heraus und wiederholte dieses Spiel, bis sie vor Wonne unkontrolliert erbebte. Ich wünschte, ich wäre dieses Stück Perlenkette und würde selbst in sie eindringen bis in die tiefsten Regionen ihres Körpers.

Ich keuchte vor Erregung und wusste nicht mehr, wohin ich blicken sollte. Meine Augen schossen hin und her und konnten sich nicht entscheiden, ob sie ihre Hände sehen wollten, die so hingebungsvoll diese zarten feuchten Lippen streichelten, oder doch lieber ihre wilde rote Mähne, die ihren Hals, ihre Brüste und ihren Bauch zu liebkosen schien. Ich war noch nie so erregt gewesen, nicht einmal während meines ersten sexuellen Erlebnisses. Sie sah, wie ich sie anstarrte, und registrierte mit tiefer Befriedigung, dass ich jede Sekunde explodieren würde. Schließlich forderte sie mich auf, in sie einzudringen. Endlich! Aber ich war immer noch am Türgriff festgebunden, und sie machte keinerlei Anstalten, meine Fesseln zu lösen! Stattdessen streichelte sie sich immer schneller, ihre Möse triefte von Champagner und den Säften ihrer Erregung. Plötzlich explodierte sie, und die Wellen ihres Orgasmus tosten durch ihren Körper und verzehrten sie. Sie kniff ihre halb geöffneten Augen und ihren feucht glänzenden Mund zusammen, ihr Körper zuckte, ihre Muskeln kontrahierten, und ihr ganzes Gesicht verzog sich in Verzückung …

Schließlich erhob sie sich, löste das Tuch von meinen Handgelenken und ritt mich wie ein Rennpferd, während die Limousine mit Höchstgeschwindigkeit über den Highway brauste. Ihr langes rotes Haar bedeckte meine Augen und meinen Mund – genau wie ich es mir früher am Abend vorgestellt hatte. Ich trieb es mit beiden gleichzeitig, mit Gabrielle und mit einer fremden Europäerin! Es war unglaublich, unbeschreiblich …

Wir liebten uns wild, wie zwei Besessene, so begierig und ungestüm wie bei unserem ersten Mal, nur dass es diesmal noch besser war … Ich konnte mich beim besten Willen nicht mehr länger zurückhalten. Was für ein eigenartiges Erlebnis! Ich machte es mit einer Frau, die ich besser kannte als jeder andere und über die ich jedes noch so intime Detail wusste, aber diese Frau war für mich zugleich auch eine Fremde! Ich starrte Gabrielles blaue Augen an, und sie verwandelten sich in smaragdgrüne Katzenaugen. Ich liebkoste Gabrielles Körper, aber diese langen roten Haare waren mir völlig unbekannt. Als sie mir schließlich grünes Licht gab, in ihr zu kommen, schrie ich aus vollem Herzen »Gabrielle!«, denn es war in der Tat sie, die ich wollte, und keine andere.

Als wir schließlich nach Hause kamen, umarmte und küsste ich sie mit wilder Leidenschaft, die jedoch längst noch nicht auszudrücken vermochte, wie ich mich wirklich fühlte.

»Herzlichen Glückwunsch, mein Liebling …«

»Ich liebe dich, Gabrielle. Aber ich möchte dich um einen Gefallen bitten … Könnte die englische Lady jetzt bitte gehen? Ich würde nämlich wirklich gerne noch einmal die Frau meines Lebens lieben. Ich habe ein schlechtes Gewissen, dass ich ihr untreu geworden bin …«

»Ich bin in einer Minute zurück.«

Sie ging Richtung Schlafzimmer, und ich bewunderte ein letztes Mal diese andere Frau … Als sie ein paar Minuten später zurückkam, trug sie ihren Lieblingsmorgenrock. Das war wieder meine Gabrielle, wie ich sie kannte. Meine süße, blonde, entzückende Gabrielle. In ihrem viel zu großen Bademantel wirkte sie plötzlich so zierlich, und als ich sie nun wieder in Naturform sah – ohne Make-up und das ganze Drumherum –, begehrte ich sie plötzlich mit solcher Inbrunst und Leidenschaft, dass wir es nicht einmal mehr bis ins Schlafzimmer schafften …

# Begeisterte Zuschauer

Seit einiger Zeit ist bei mir nichts mehr, wie es war. Ich lebe heute in einer Welt ohne Grenzen, einer Welt, in der meine frivolsten Fantasien jederzeit Wirklichkeit werden können und meistens auch Wirklichkeit werden. Jeden Tag und jede Nacht warte ich gespannt, was er sich als Nächstes einfallen lässt, und das Warten ist herrlich und unerträglich zugleich …

Aber vielleicht sollte ich zuerst einmal ein bisschen über mich erzählen. Bis vor kurzem hätten mich die meisten Leute als »eine Frau mit eingeschränkten Aussichten« eingestuft. Nach meiner letzten gescheiterten Beziehung, als Dennis mich sitzen ließ, war ich zwei Jahre allein. Aber nicht, dass Sie mich falsch verstehen: Mit allein meine ich wirklich allein. Natürlich bin ich hin und wieder mit einem Mann auf ein oder zwei Drinks ausgegangen, aber darüber hinaus lief sozusagen nichts. Mein Sexualleben existierte einfach nicht – mal abgesehen von ein paar kleinen »Hilfsmitteln«, mit denen man sich auf Dauer aber nur sehr eingeschränkt vergnügen kann. In meiner Fantasie hingegen ging es auch während dieser Abstinenzphase so heiß her, dass es mich fast schmerzte. Nicht, dass ich bewusst und beabsichtigt solo war! Es war nur einfach so, dass ich seit der Trennung keinen Mann mehr zu treffen schien, mit dem ich Lust hatte, das Spiel wieder ganz von vorne anzufangen, dieses Spiel, bei dem man im Laufe der Zeit unendlich viele Kompromisse eingehen muss und ständig die blinden Erwartungen des anderen zu ergründen und befriedigen versucht, die normalerweise zwangsläufig mit jeder neuen Beziehung einhergehen.

Meine Freunde und Bekannten versuchten ständig, mich zu verkuppeln oder mir eine vermeintlich »gute Partie« schmackhaft zu machen, doch sie scheiterten alle. Mit einigen dieser »guten Partien« habe ich vergeblich mein Glück versucht, und irgendwann beschloss ich, die Suche aufzugeben, und ich habe es nicht bereut. Doch eines schönen Tages vor nicht allzu langer Zeit platzte »er« entgegen all meiner Erwartungen wie aus heiterem Himmel in mein Leben.

Vor etwa einem Monat hatte meine gute Freundin Renée, eine talentierte Malerin, ihre erste wichtige Ausstellung in einer bekannten Galerie. Aus einer Laune heraus kaufte ich gleich drei ihrer Gemälde und rechtfertigte meine Generosität damit, dass die Bilder jetzt noch günstig waren, während sie mein Budget in einigen Jahren sicher sprengen würden. Ich hatte nichts dagegen, die Bilder für die Dauer der Ausstellung noch in der Galerie hängen zu lassen; danach wollte Renée sie zu mir nach Hause bringen. Die Gemälde, die ich mir ausgesucht hatte, waren wunderschöne Darstellungen von Paaren beim Liebesakt. Erst später wurde mir klar, dass die Bilder, wenn ich sie ständig um mich herum hatte, vermutlich nur Feuer in mir entfachten, die besser kalt blieben und gar nicht erst wieder aufloderten … Diese in so lebendigen, fast das Auge schmerzenden Farben hingetupften, ineinander verschlungenen Liebenden, deren Körper nur durch abstrakte Linien und Kurven angedeutet waren und die zugleich Leidenschaft und Zärtlichkeit ausstrahlten, waren so …

Zwei Tage nach Beendigung der Ausstellung wollte Renée wissen, wann sie mir die Bilder bringen könne. Wir vereinbarten einen Termin für den gleichen Abend. Sie war pünktlich auf die Minute und kam in »seiner« Begleitung.

Ich öffnete die Tür und hatte nicht die leiseste Ahnung, dass sich mein Leben von nun an drastisch verändern sollte. Renée war hinter einem ihrer Bilder versteckt, Daniel stand vor ihr und zog mich mit seinem bezaubernd scheuen Blick sofort in den Bann. Meine Freundin machte uns kurz miteinander bekannt, und zu meinem Entsetzen lief ich wie ein kleines Schulmädchen rot an.

Ich wollte unbedingt mehr über diese unerwartete Erscheinung wissen, weshalb ich Renée unauffällig um die Ecke in meine Küche bugsierte. Daniel überließen wir das Auspacken der Bilder. Renée war eine meiner wenigen Freundinnen, die nie versucht hatten, mich unter die Haube zu bringen. Sie gestand mir, dass sie bisher einfach gar nicht auf die Idee gekommen sei, bis ihr kürzlich bewusst geworden sei, dass ihr Cousin, den sie ziemlich oft sehe, im gleichen Boot sitze wie ich.

»Du hast ihm ja wohl hoffentlich nicht gesagt, dass du ihn aus diesem Grund mit zu mir geschleppt hast!«

»Natürlich nicht! Er hat angeboten, mir bei der Auslieferung einiger Bilder zu helfen, und als ich ihm erzählte, dass ich auch zu dir müsse, wollte er mich unbedingt begleiten ...«

»Hm. Er ist wirklich niedlich ... Erzähl mir etwas mehr über ihn.«

»Also – er war vier Jahre und einen Tag lang verheiratet, dann hat seine Frau ihn von heute auf morgen wegen eines anderen sitzen lassen. Das ist jetzt aber schon eine Weile her, und er ist längst darüber hinweg. Wenn er bloß nicht so entsetzlich schüchtern wäre!«

»Ich finde ihn allerliebst! Was ist denn bei ihm der Haken?«

»Ich weiß von nichts.«

Dabei beließen wir es. Wir verbrachten den Abend bei ein paar Tassen Kaffee und plauderten über Gott und die Welt. Ich kam immer mehr zu dem Schluss, dass ich Renée um die Telefonnummer ihres Cousins bitten wollte. Wenn er wirklich so schüchtern war, wie sie behauptete, musste ich wohl entweder selber die Initiative ergreifen, oder ich würde nie wieder etwas von ihm hören. Seltsamerweise vertraute ich plötzlich wieder voll auf meine verführerischen Fähigkeiten, nahm mir aber vor, noch ein paar Tage zu warten, bis ich den ersten Schritt machte.

Doch dann kam alles anders – ich musste den ersten Schritt nämlich gar nicht selber tun. Er rief mich schon am nächsten Abend an und lud mich auf einen Drink in eine Bar ein. Ich nahm die Einladung sofort an, und seitdem sind wir ein Paar …

Unser erster gemeinsamer Monat begann wie fast jede leidenschaftliche Beziehung mit spannenden Unterhaltungen, langen Spaziergängen, romantischen Ausflügen und interessanten Besichtigungen, unkontrollierten Lachanfällen, Geständnissen, die einem die Schamesröte ins Gesicht treiben … und heißen Küssen. Und bei den heißen Küssen beließen wir es zunächst auch.

Wir hatten uns nämlich auf ein seltsames Abenteuer eingelassen. Genauer gesagt führten wir eine Art »Experiment« durch, das mir zunächst sinnlos und sadistisch erschienen war, doch nachdem ich eine Weile darüber nachgedacht hatte, konnte ich plötzlich nicht widerstehen. Wir waren uns von Anfang an einig gewesen, dass die ersten sexuellen Erlebnisse eines neuen Paares oft enttäuschend waren. Und so vereinbarten wir, diese neu gewonnene Erkenntnis »gereifter« Liebhaber in die Tat umzusetzen und unsere Geduld und unsere Selbstbeherrschung auf die Probe zu stellen und einen ganzen Monat zu warten, bevor wir uns zum ersten Mal liebten. Schon nach ein paar Tagen fühlten wir uns so zueinander hingezogen, dass wir uns mit dem Gedanken trugen, eine ernsthafte, also monogame Beziehung einzugehen – natürlich nur unter der Voraussetzung, dass einen die Liebestechniken des anderen nicht hoffnungslos enttäuschten. Kurzum – wir wollten uns vergewissern, dass wir auf allen Ebenen vollkommen kompatibel waren, bevor wir uns auch physisch näher kamen. Außerdem wollten wir unsere Begierde derart auf die Spitze treiben, dass wir vor Verlangen nacheinander förmlich brannten und unsere erste Liebesnacht für immer in unsere Erinnerungen eingemeißelt sein würde.

Das waren die romantischen Gründe, aus denen wir an unserem Plan festhalten wollten. Doch es gab auch ein paar pragmatische Aspekte, die für unsere Entscheidung sprachen: Daniel hatte sich ein paar Mal in eine sehr unangenehme Lage gebracht. Er war überstürzt mit einer Frau im Bett gelandet, ohne für die entsprechende Verhütung gesorgt zu haben. Mir selber war etwas Ähnliches auch schon passiert. Zum Glück hatte sich das Missgeschick durch einen schnellen Besuch beim Arzt wieder ausbügeln lassen …

Ungeachtet all dessen legten wir großen Wert darauf, aus unserer ersten gemeinsamen Nacht ein perfektes Erlebnis zu machen. Daniel begann umgehend mit seiner »Forschungsmission«, wie er es nannte. Er lächelte verschmitzt und versprach, jeden kleinen Hinweis von mir zu registrieren, den ich irgendwann unbeabsichtigt fallen ließ, um meine geheimsten Fantasien zu ergründen und schließlich auf ungewöhnliche Weise Wirklichkeit werden zu lassen. Ich versuchte ihm mehrmals klarzumachen, dass er nicht besonders tief graben müsse, um mir eine Freude zu bereiten, aber er war felsenfest überzeugt, dass er in mir Wünsche ergründen würde, von denen ich bisher noch gar nichts ahnte, und ich tat einen Teufel, ihn davon abzubringen … Was dabei herauskam? Nun, ich habe ihn eindeutig unterschätzt. Seitdem wir uns kennen, hat er in Sachen Sex immer wieder neue Überraschungen für mich auf Lager, sodass ich ständig gespannt bin, was er sich wohl als Nächstes wieder Verrücktes einfallen lässt …

Während des ganzen ersten Monats durfte ich, was meine sexuellen Wünsche betraf, nur vage Andeutungen machen. Ansonsten, so meinte er, sei seine »Darbietung« keine wirkliche Überraschung mehr. Sein schelmischer, selbstsicherer Blick verriet, dass er offenbar nicht den geringsten Zweifel hatte, meine Fantasien richtig zu deuten. Am Tag vor dem großen Ereignis musste ich ihm versprechen, mich nicht selbst zu befriedigen und den Abend ohne ihn zu verbringen.

Das Einzige, was mir erlaubt war, war zu träumen. Vierundzwanzig Stunden lang sollte mein Körper, den ich kaum berühren durfte, ganz für mich allein da sein. Ich hatte Daniel noch nie ohne Kleidung gesehen und stellte ihn mir vor, wie er in seiner ganzen Pracht nackt vor mir stand, wobei ich mich bemühte, ihn nicht allzu sehr zu verherrlichen. Er war ziemlich dünn und gut einen Kopf größer als ich. Mit seiner Kordjacke, die auf den Ellbogen Flicken hatte, sah er aus wie ein Student, und wenn er seine Lesebrille mit den kleinen runden Gläsern aufsetzte, verstärkte sich dieser Eindruck noch. Ob er sie wohl auch im Bett trug? Nein, bestimmt nicht. Ob er muskulöse Beine hatte? Und ob sie behaart waren? Seine Arme und Schultern waren ziemlich stramm, soweit ich das beurteilen konnte, aber wirklich kraftstrotzend schienen sie nicht zu sein. Seine Taille war einigermaßen schlank, die Hüften schmal und sein Hintern klein, rund und prall.

Seinem »Ding« durfte ich während unseres ersten Monats nicht zu nahe kommen. Doch nach dem zu urteilen, was ich bei unseren engen Umarmungen in meiner Magengegend gespürt hatte, schien es höchst empfänglich zu sein …

Ich war sehr gespannt, was mich wohl erwartete, aber ich machte mir auch ein bisschen Sorgen. Was war, wenn er nicht meinen Erwartungen entsprach? Ich hatte Daniel zu Beginn unserer Beziehung erzählt, dass ich etwas »pikantere« Fantasien hätte als die Durchschnittsfrau. Das bildete ich mir zumindest gerne ein. Allerdings hatte ich meine Bemerkung nicht näher erläutert. Mit »pikant« meinte ich, dass ich mir in meiner Fantasie gern vorstellte, es woanders als im Schlafzimmer zu treiben. Außerdem habe ich einen leichten Hang zum Exhibitionismus; allerdings hatte ich bisher weder die Gelegenheit noch den Mut, diese Vorliebe auszuleben. Jedenfalls hat es mich schon immer gereizt, einmal so viele Menschen wie möglich zu erregen. Allerdings müsste ich sicher sein können, dass sie mich nicht erkennen. Orgien reizen mich überhaupt nicht, unter anderem, weil ich auf keinen Fall meinen Ruf schädigen möchte. Ich habe schon oft davon geträumt, mich in laszIver Pose in der Öffentlichkeit zu zeigen, doch nie vor Leuten, die ich kannte oder denen ich am nächsten Tag auf der Straße begegnen könnte!

Ich war immer davon ausgegangen, diese etwas anrüchige Facette meines Charakters vermutlich nie wirklich auszuleben, und das »liebe kleine Mädchen« in mir war darüber mit Sicherheit ziemlich froh. Meiner Meinung nach sehnen sich viele Frauen danach, von der größtmöglichen Anzahl von Männern begehrt zu werden; sie träumen davon, ihre männlichen Betrachter aufs Äußerste zu erregen und sie zu hechelnden Sklaven zu degradieren. Allerdings kann ich mir kaum vorstellen, dass diese Frauen es gut fänden, ihren schmutzigen Fantasien entsprechend auch wie »Huren« behandelt zu werden …

Irgendwann war ich Daniel gegenüber doch ein bisschen präziser geworden und hatte ihm ein paar konkretere Hinweise gegeben, was mein geheimes Verlangen anging. Er entgegnete, ich sei unfair, da ich bei all meinen Wünschen seine Schüchternheit berücksichtigen müsse – eine irgendwie süße, ihn gelegentlich aber auch paralysierende Eigenschaft –, die ihn daran hindere, mir die Verwirklichung einer derartigen Fantasie zu ermöglichen. Sich begehrenswert zu fühlen sei eine Sache, aber vor großem Publikum … Niemals! Seine eigenen Fantasien schienen nicht besonders aus dem Rahmen zu fallen: Er träumte davon, von zwei Amazonen-Göttinnen verführt zu werden, vorzugsweise von Zwillingen, die einen wilden Dreier mit ihm machen. Ich wandte ein, dass dieser

Wunsch wahrscheinlich auch nicht in Erfüllung gehen könne und dass ich ja sowieso nicht beteiligt sein würde, da ich keine Zwillingsschwester habe … Außerdem träumte er davon, zwei Frauen beim Liebesakt zu beobachten. Er hatte mich irgendwann gefragt, ob ich mich schon mal von einer Frau angezogen gefühlt hätte … Als ich dies verneinte, tat er so, als wäre er enttäuscht. Nun, es war seine Idee gewesen, mir etwas ganz Besonderes zu bieten. Ich für meinen Teil hatte ihm nichts Außergewöhnliches versprochen …

So, wie ich mich zu jener Zeit fühlte, wäre ich froh gewesen, wenn er zu irgendeiner x-beliebigen Zeit bei mir aufgekreuzt wäre, ich ihm seine Klamotten hätte vom Leib reißen und auf die normalste Art der Welt mit ihm hätte schlafen können – in meinem Bett, auf meinem Sofa oder von mir aus auch auf dem Fußboden. Ich war so lüstern und begierig, dass ich kaum noch still sitzen konnte.

Es war kurz vor Mitternacht in der Nacht vor unserem großen Tag, als das hartnäckige Klingeln des Telefons mich aus meinen Gedanken riss. Es war Daniel …

»Wie geht es dir?«

»Ich bin ziemlich ungeduldig.«

»Vertraust du mir?«

»Ja, aber ich bin ein bisschen nervös …«

»Nervös? Warum?«

»Vielleicht sollten wir warten, bis wir uns ein bisschen besser kennen. Was ist, wenn alles schief geht? Oder wenn wir danach beide enttäuscht sind? Weißt du, Daniel, ich begehre dich auch, ohne meine verrückten Fantasien auszuleben. Was ich für dich empfinde, ist viel tiefer. Ich weiß ja zu schätzen, was du für mich tun willst, aber was ist, wenn es sich als Fehler herausstellt?«

»Mach dir keine Sorgen. Soll ich dir etwas verraten? Ich weiß schon jetzt, dass ich mit dir zusammenbleiben will – egal, wie unsere erste gemeinsame Nacht werden wird. Es gibt noch so viel für uns zu entdecken … Aber das klingt ja fast so, als wollte meine Miss Abenteuer plötzlich kneifen?«

»Nein, ganz und gar nicht. Ich bin nur ein bisschen hin und her gerissen. Einerseits bin ich neugierig, andererseits bin ich furchtbar nervös, das ist alles. Ich habe absolut keine Ahnung, was du im Schilde führst. Aber eins weiß ich, Daniel. Ich will dich haben, und zwar jetzt sofort, hier in meinem Bett! Ich kann die Warterei nicht mehr ertragen! Ich will in deinen Armen liegen! Ich will deinen Körper an meinem spüren! Ich will dich küssen, von Kopf bis Fuß …«

»Hör sofort auf! Ich werde hart … Was machst du gerade?«

»Ich sitze im Wohnzimmer vor der Glotze, damit ich nicht so viel an dich denke.«

»Zieh dich aus!«

»Wie bitte? Warum? Machst du Witze?«

»Nein. Zieh dich aus! Trägst du eine Bluse?«

»Ja …«

»Okay. Fang jetzt mit dem ersten Knopf an, und dann machst du langsam mit den anderen weiter. Stell dir vor, ich würde dich ausziehen …«

Seine lähmende Schüchternheit war wie weggeblasen. Offenbar verlieh die Distanz, die mit dem Telefonieren einherging, seinem Selbstvertrauen den schon lange erforderlichen Schub! Ich knöpfte langsam meine Bluse auf und stellte mir vor, dass Daniel vor mir stand … Er sah mich mit seinen tiefblauen Augen an, küsste mich zärtlich und ließ dabei seine Hände unter meinen Spitzen-BH und zwischen meine Brüste gleiten. Ich spürte, wie mir ein prickelnder Schauer über den Rücken lief.

»Bist du fertig? Trägst du auch einen Rock?«

»Ja.«

»Und Strümpfe?«

»Ja, wie immer.«

»Leg deine Hand auf deinen Oberschenkel und stell dir vor,

es wäre meine. Jetzt fährst du ganz langsam an deinem Bein hoch, gleitest unter deinen Rock und schiebst deine Finger unter den Rand deiner Strümpfe. Dann streichst du zärtlich über deine Haut.«

Ich folgte genau seinen Anweisungen und schloss die Augen. Auf einmal hatte ich das Gefühl, warm und zärtlich umarmt zu werden. Ich spürte, wie seine Hand meinen Rock aufknöpfte und mich kurz antippte, damit ich aufstand und der Rock auf den Boden fiel. Fast nackt machte ich es mir erneut auf dem Sofa bequem, das Telefon zwischen Kinn und Schulter geklemmt, und wartete ungeduldig auf die nächste Anweisung.

»Andrea? Bist du noch da?«

»Ich ... Ja, ich bin da ... Ich habe mir gerade den Rock ausgezogen. Ich bin jetzt fast nackt – bis auf meine Strümpfe, meinen BH und einen winzigen Slip, der schon ganz heiß und feucht ist ...«

»Warte! Ich ziehe mir die Hose aus ... Oh, Andrea! Ich bin so hart, dass ich beinahe platze. Jetzt bin ich bereit für dich. Zieh dir deinen BH aus und knete deine Nippel. Ich möchte, dass sie hart werden und sich aufrichten! Ich will fühlen, wie sie durch die Berührung meiner Fingerspitzen anschwellen. Fang an! Tu, was ich dir gesagt habe!«

Meine Nippel bedurften keiner Berührung. Ich war längst so erregt, dass sie knallhart waren und wie ein Weihgeschenk gen Himmel ragten.

»Oh, Andrea, ich kann sie sehen. Ich spüre sie jetzt in meinem Mund ... Sie schmecken köstlich! Schieb jetzt den Schritt deines Slips zur Seite und zeig mir, wovon ich so lange geträumt habe. Zieh deine Lippen auseinander ... und stell dir vor, ich würde mit meiner Zunge an der Innenseite deiner Oberschenkel hinauffahren und in dich hineingleiten und mich verlieren ...«

»Oh, Daniel! Ich bin so scharf auf dich! Ich will dich haben, jetzt sofort! Leg doch endlich auf und komm zu mir rüber! Ich zerfließe förmlich. Ich kann mich nicht mehr zurückhalten, meine Finger wandern unweigerlich nach unten ... Ich fürchte, es gibt kein Entrinnen – ich muss mich erlösen, während ich auf dich warte!«

»Nein! Denk an dein Versprechen! Was wir gerade tun, gehört zu unserem Spiel. Du kannst dich jetzt wieder anziehen. Ich wollte nur testen, ob du bereit bist. Du kannst jetzt schlafen gehen. Du wirst es nicht bereuen, bis morgen zu warten, das verspreche ich dir.«

»Du machst wohl Witze! Ich weiß sehr wohl, was ich versprochen habe, aber das hier finde ich langsam nicht mehr lustig!«

»Komm schon, Andrea! Tu es für mich. Bitte! Wenn du jetzt auf mich hörst, wird es morgen umso schöner. Träum süß!«

Er hatte aufgelegt. Ich keuchte vor Erregung, meine Kehle war wie ausgetrocknet, und meine Möse brannte. Und Daniel erwartete allen Ernstes, dass ich in diesem Zustand von mir abließ! Mir fiel spontan ein altes Sprichwort ein, das da lautet: »Die Liebe wächst mit der Entfernung«. Ich sagte es so lange auf, bis es sich in meine Gedanken eingebrannt hatte wie ein Ohrwurm aus einem schlechten Werbespot.

Schließlich kam der große Tag. Den ganzen Vormittag und Nachmittag schlug mir das Herz bis zum Hals. Die Zeit verging im Schneckentempo. Während die Uhrzeiger beinahe schmerzhaft langsam vorrückten, spürte ich eine zunehmende, unter die Haut gehende innere Unruhe. Außerdem machte ich mir ständig Gedanken, was ich am Abend anziehen sollte. Wenn ich an Daniel dachte, liefen mir vor Vorfreude prickelnde Schauer über den Rücken. Als wir uns am Morgen für den Abend verabredet hatten, hatte er lediglich den Wunsch geäußert, dass ich meine aufreizendste Unterwäsche tragen solle. Was ich darüber trage, sei relativ egal, da ich die Sachen sowieso nicht lange am Leib behalten würde!

Als ich von der Arbeit nach Hause kam, entschied ich mich für meinen Body aus feiner Spitze. Ich fand ihn vor allem deshalb so hübsch, weil er meinen Busen auf vorteilhafte Weise anhob und größer erscheinen ließ. Eigentlich glich der Body eher einem Korsett. Er war aus schwarzem, mit winzigen Perlen besetzten Satin und hatte zwei feste Halbschalen, die meine vollen, straffen Brüste angenehm stützten. Außerdem machte er mich schön schlank ... Er war an den Beinen hoch ausgeschnitten und hatte im Schritt einen kleinen Druckverschluss aus Spitze, den man problemlos öffnen konnte ... Ich sah gar nicht schlecht aus ... Die schwarzen Kanten meiner Strümpfe passten gut zu meinen bis über die Knie reichenden Stiefeln mit den hohen, wenn auch nicht extrem hohen Absätzen, die meinem Körper einen aufreizenden Touch verliehen. Insgesamt schien mir mein Outfit recht gelungen.

Als Treffpunkt hatte Daniel eine kleine Bar in der City vorgeschlagen, die gerade ziemlich angesagt war. Eigentlich hatte ich mir einen etwas intimeren Ort gewünscht, aber für diesen besonderen Abend war er zuständig ...

Er kam pünktlich auf die Minute und trug einen cremefarbenen Anzug, der ihm hervorragend stand. Als er sich mit seinem frisch rasierten Gesicht zu mir herabbeugte und mich zur Begrüßung leidenschaftlich küsste, stieg mir der Duft meines Lieblingsrasierwassers in die Nase.

»Du siehst super aus!«, stellte er fest.

»Warte erst mal, bis du siehst, was ich darunter trage«, entgegnete ich.

»Möchtest du noch einen Drink?«

»Meinst du, ich könnte noch einen gebrauchen?«

»Kommt darauf an, wie du dich fühlst.«

»Meinst du mich oder meinen Körper?«

»Sowohl als auch.«

»Wir sind beide bester Dinge.«

Wir nahmen sofort ein Taxi. Daniels Augen funkelten. Er

nannte dem Fahrer eine Adresse, nahm mich in die Arme und küsste mich mit einer unglaublichen Inbrunst. Als er meine Strümpfe und Stiefel sah, stockte ihm der Atem.

»Du hast dir meinen Wunsch wirklich zu Herzen genommen … Mein Gott, wie ich dich begehre!«

Ich spürte, wie seine Hand unter mein Kleid glitt … Die feine Spitze, die meine feuchte, ungeduldige Möse bedeckte, entpuppte sich auf einmal als eine ärgerliche, frustrierende Barriere zwischen uns … Sein Schwanz wurde unter meinen geschickten Fingern hart, und ich stellte mit großer Freude fest, dass er Dimensionen annahm, die mir das Wasser im Mund zusammenlaufen ließen.

Ich erbebte, als er mich mit einem seiner Finger zwischen den Beinen berührte.

»Sollen wir hier weitermachen, oder fahren wir woandershin?«

»Wir sind gleich da.«

Das wollte ich auch hoffen … Denn wenn wir in diesem Tempo weitermachten, würde der Taxifahrer später auf seinem Rücksitz einen großen feuchten Fleck vorfinden, der ihn sicher nicht erfreute. Wir fuhren durch eine Gegend, die ich nicht kannte. Es war der Rotlichtbezirk unserer Stadt. Auf den Bürgersteigen gingen Prostituierte auf und ab. Beide Straßenseiten waren von einem Ende zum anderen von Bars und Pornokinos gesäumt, die in einem grellen Neonschleier an uns vorbeirauschten. Trotz meiner unbändigen Begierde beschlich mich ein leichtes Unwohlsein, doch Daniel beruhigte mich.

»Mach dir keine Sorgen. Ich habe bestimmt nicht vor, dich in eine dieser Räuberhöhlen zu schleppen, und ich habe auch keine Hure angeheuert.«

»Vielen Dank.«

Wir bogen jetzt in eine schlecht beleuchtete Seitengasse. Wohin, zum Teufel, brachte er mich? Mir wurde schon wieder ein bisschen mulmig. Wir befanden uns etliche Straßen unterhalb der Hauptstraße mit den Bars und den Prostituierten. Schließlich hielt der Fahrer vor einer Tür, an der ein diskretes, kleines Hinweisschild mit der Aufschrift »Nur nach Verabredung« angebracht war.

Daniel bezahlte und half mir aus dem Wagen. Dann öffneten wir die Tür mit dem Hinweisschild und landeten in einem Empfangsraum, dessen Wände fast durchgängig verspiegelt waren. Doch zu meiner Überraschung war niemand zu sehen. An der Wand direkt vor uns hing ein Sortiment von Karnevalsmasken in allen erdenklichen Formen, Farben und Varianten. Sie waren in einem Kreis um eine geschlossene Tür drapiert. Einige waren aufwändig mit Spitze und Pailletten verziert, andere waren eher schlicht. Sie schienen alle den gleichen Zweck zu erfüllen: abgesehen von Mund und Kinn das ganze Gesicht zu bedecken.

Daniel lächelte mich liebevoll an und bat mich, zwei Masken auszuwählen. Ich folgte seiner Aufforderung, woraufhin er mir meine vorsichtig aufsetzte und sich dann selber die andere überstülpte. Danach öffnete er die Tür und führte mich zu einem Tresen, der so aussah wie die Rezeption eines City-Hotels der gehobenen Preisklasse. Ein Hotelmanager im Smoking (oder was auch immer der Mann war) begrüßte uns mit einem höflichen Nicken und einem kaum sichtbaren, diskreten Lächeln.

»Ihre Namen, bitte.«

»John und Mary.«

»Wenn Sie mir bitte folgen würden.«

John und Mary? Was sollte ich davon halten? Ich platzte beinahe vor Neugier, aber ein bisschen nervös war ich auch. Was hatten diese Masken bloß zu bedeuten? Hm ... Obwohl ich nicht den leisesten Schimmer hatte, was mich erwarten würde, stieg meine Erregung von Minute zu Minute. Der Mann im Smoking führte uns über einen langen Flur, an dessen Wänden ein paar wenige Gemälde in Pastellfarben hingen.

Waren wir in einem Hotel? Oder in einem Restaurant? Ich hatte nicht die geringste Ahnung. Der Mann brachte uns in einen großen runden Raum mit hoher Decke, der angenehm dezent beleuchtet war.

Die Wände schienen aus Glas zu sein – oder waren es Spiegel? Als wir den Raum betraten, reflektierten sie schemenhaft unser Spiegelbild, aber das Material, aus dem die Wände waren, war zu dunkel, als dass es sich um Spiegel hätte handeln können. Andererseits fiel kein Außenlicht in den Raum, also konnten sie auch nicht aus Glas sein ... Wir sahen uns staunend um. Der Mann, der uns begleitet hatte, verschwand ohne ein Wort. Mitten in dem runden Raum thronte ein riesiges, ebenfalls rundes Bett. Darüber hinaus standen vor den spiegelartigen Wänden mehrere große, bequem aussehende Sessel.

Daniel schien ebenso erstaunt.

»Genauso hat man mir den Raum beschrieben«, brachte er schließlich hervor. »Doch er übertrifft meine Vorstellungen bei weitem.«

»Es ist alles so seltsam hier. Sind wir in einem Hotel?«

»Wenn du so willst, ja, aber es gibt ein paar feine Unterschiede ...«

»Komm!«

Endlich! Ich warf mich in seine Arme, und wir küssten uns mindestens genauso intensiv wie im Taxi, wenn nicht noch leidenschaftlicher. Als Daniel anfing, mich hastig zu entkleiden, wurde das Licht plötzlich eine Nuance dunkler. Ich sah mich um und registrierte, dass die reflektierenden Flächen, die ich anfangs für Spiegel gehalten hatte, in Wirklichkeit Fenster waren. Doch die Fenster gingen nicht etwa nach draußen! Der kreisrunde Raum war die Bühne einer Art Amphitheater, und jetzt erst entdeckte ich etliche maskierte Zuschauer, die um uns herum Platz genommen hatten und uns von ihren über zwei Ebenen verteilten Theaternischen zusahen. Von diesen Nischen gab es mindestens dreißig! Die Zuschauer waren zwar nur als schemenhafte Figuren zu erkennen, doch es waren eine ganze Menge. Einige waren allein gekommen, andere in Begleitung ihrer Partner, und sie warteten offenbar alle darauf, dass wir endlich loslegten, damit sie uns bei unserem Liebesspiel zusehen konnten. Plötzlich wurde es wieder heller, sodass ich unser Publikum nicht weiter in Augenschein nehmen konnte, aber ich hatte den Eindruck, dass es sich, von den Pärchen abgesehen, bei den meisten Zuschauern um Männer handelte. Sie saßen gelassen und entspannt auf ihren Plätzen und warteten auf den Beginn der Show.

Ich sah, dass Daniel angestrengt versuchte, unter meiner Maske eine Reaktion zu erkennen. Er schien sich seiner Sache auf einmal ganz und gar nicht mehr sicher zu sein. Offenbar musste ich ihn erst überzeugen, dass dieses seltsame Theater und dieses Dekor einfach perfekt waren, eine geradezu unglaubliche Anregung ... Ich nahm seine Hand, küsste sie sanft und führte sie unter mein Kleid, damit er spürte, wie stark mich das Ganze schon angetörnt hatte. Dann trat ich ein paar Schritte zurück und zog mir langsam mein Kleid aus. Dabei schenkte ich ihm mein bezauberndstes Lächeln. Er sollte wissen, dass es ihm tatsächlich gelungen war, eine meiner erotischsten Fantasien Wirklichkeit werden zu lassen, eine Fantasie, von der ich in meinen wildesten Träumen nicht geglaubt hätte, sie jemals ausleben zu können. Ich umrundete langsam das Bett und achtete darauf, dass jeder Zuschauer genau sehen konnte, was sich unter meinem Kleid verbarg. Ich genoss es in vollen Zügen, mich in diesem aufreizenden Outfit zu präsentieren. Die ganze Situation war so unglaublich erotisch ...

Ich befand mich zwar immer noch in einer Art Schockzustand, doch ich fühlte in diesem Augenblick eine tiefe Erfüllung. Ich konnte es einfach nicht fassen, was da geschah, und wollte jeden einzelnen Moment so lange und intensiv wie möglich auskosten. Ich ging zu Daniel und umarmte ihn mit all der Leidenschaft, die sich im Laufe der Wochen in mir aufgestaut hatte. Dann schob ich sanft meinen Oberschenkel zwischen seine Beine; so konnte ich seine köstliche Erregung in vollen Zügen genießen. Ich knöpfte ihm genüsslich sein Hemd auf und zog ihm nach und nach jedes einzelne Kleidungsstück aus. Dann forderte ich ihn auf, stehen zu bleiben und sich nicht vom Fleck zu rühren, und legte mich allein auf das Bett.

»Und jetzt werde ich beenden, was ich gestern Nacht auf deinen Wunsch hin abbrechen musste!«

Zu meiner großen Überraschung – und ich muss sagen, auch zu meiner großen Zufriedenheit – begann der Raum sich plötzlich ganz langsam zu drehen. Die Bewegung war kaum zu spüren, aber der Fußboden drehte sich kontinuierlich im Kreis, sodass mich jeder Zuschauer aus seiner Nische von allen Seiten betrachten konnte. Ich räkelte mich träge und geschmeidig wie eine Katze und spreizte meine noch immer in den aufreizenden Stiefeln steckenden Beine so weit wie möglich. Mindestens fünfzig Augenpaare beobachteten gebannt jede meiner Bewegungen, und bestimmt richteten sich in diesem Augenblick mindestens zwanzig Schwänze auf und wurden in freudiger Erwartung der Performance, die ihnen gleich geboten werden sollte, knallhart. Allein dieser Gedanke sorgte dafür, dass meine Möse weit aufblühte und ihre Säfte auf dem pinkfarbenen Laken verströmte. Ich befreite meine Brüste aus dem engen Korsett, ließ sie aufatmen und vor Stolz anschwellen und streichelte sie kurz. Doch dann ließen meine Hände sich nicht mehr bändigen und wanderten zwischen meine Beine ... Mit der einen Hand spreizte ich meine feuchten Lippen, sodass ich mit einem Finger der anderen problemlos den kleinen magischen Punkt betasten konnte, der mich stets bei der leisesten Berührung in Verzückung geraten lässt, wenn es mich danach gelüstet ...

Daniel verschaffte mir ein Erlebnis, das ich bisher allenfalls in meinen Träumen für möglich gehalten hätte. Ich fühlte mich in diesem Moment wie eine unberührbare Göttin der Lust und zugleich wie die verkommenste Hure. Ich stellte mir vor, wie all die Leute da draußen schwer atmeten, weil ich sie durch mein Tun bis zur Ekstase erregte. Ich stellte mir vor, wie Paare an sich herumspielten und sich hinter den Fenstern liebten, weil der Anblick meines vor Erregung entflammten Körpers sie so in Wallung brachte. Ich fühlte mich einfach unwiderstehlich.

Daniel kam zum Bett, ließ sich am Fußende nieder und vergrub sein Gesicht zwischen meinen brennenden Schenkeln. Er leckte mich, benetzte mich mit seinem Speichel und drang mit seiner Zunge und seinen Fingern in mich ein. Woher all die köstliche Flüssigkeit kam, konnte ich längst nicht mehr sagen … Das Einzige, was ich spürte, waren die schnell heranrollenden Wellen der Erregung, die sich immer weiter auftürmten und jeden Augenblick in einem Orgasmus gipfeln würden. Kurz bevor ich kam, stand Daniel plötzlich auf. Er ging zum Kopfende des Bettes, umklammerte mit einer Hand meine beiden Handgelenke und hielt sie über meinen Kopf, sodass ich mir unmöglich die Erlösung verschaffen konnte, nach der ich so brennend lechzte. Mit seiner freien Hand streichelte er sanft meinen Hals …

Er küsste meine Schultern und meine Brüste so unglaublich zärtlich, dass ich es kaum aushalten konnte. Meine Haut prickelte, als ob Millionen kleiner Funken der Wonne über sie hinwegjagten. Schließlich streichelte er mich vorsichtig mit den Fingerspitzen, zunächst ganz sanft und dann immer beharrlicher. Zu meiner großen Erleichterung kam er endlich zurück aufs Bett und brachte zu Ende, was er so jäh unterbrochen hatte; schließlich wusste er nur zu gut, dass ich jetzt jeden Moment explodieren würde, und diesen Anblick wollte er unseren Zuschauern ja nicht nehmen. Mein ganzer Körper bebte, als die Wellen mich durchzuckten, die Daniel mir mit dem Mund bescherte. Mein Unterleib kontrahierte, und ich wälzte mich willenlos hin und her, und dann, auf dem Höhepunkt meines orkanartigen Orgasmus, drang Daniel endlich in mich ein.

Er schleuderte meine Beine über seine Schultern und besorgte es mir wie ein wild gewordener Hengst. Dann drehte er mich um, zog mich auf die Bettkante und stellte sich hinter mich.

»Alles okay mit dir?«

»Oh, Daniel, es ist so unglaublich ... Wie bist du darauf gekommen?«

»Das erzähle ich dir ein anderes Mal.«

Mit diesen Worten umklammerte er meine Hüften mit eisenhartem Griff, zog mich zu sich heran und stieß so tief in mich hinein, wie er nur irgend konnte. Gleichzeitig bahnte er sich mit der Hand einen Weg zu meiner immer noch angeschwollenen Klitoris und stimulierte sie so fachmännisch, dass ich vor Wonne schon wieder wie von Sinnen war. Ich war mir der Anwesenheit unserer Zuschauer zwar nicht mehr ganz so bewusst, aber allein zu wissen, dass sie da waren, steigerte meine Erregung ins Unermessliche. Aus Dank für den Gefallen, den sie mir damit taten, widmete ich insgeheim jeden von Daniels Stößen einem meiner anonymen Bewunderer. Daniel erbebte in mir ... Er fühlte sich riesig an. Mit einer abrupten Bewegung warf er mich auf den Rücken und drang erneut in mich ein, wobei er es dieses Mal darauf anlegte, mich in allen erdenklichen Positionen und aus jedem nur irgendwie vorstellbaren Winkel zu nehmen ... von vorne, von hinten, von unten, von oben und von allen Seiten ... Schließlich ließ er es zu, dass ich ihn auf den Rücken legte. Ich hockte mich mit gespreizten Beinen auf ihn und versuchte, ihn nach allen Regeln der Kunst mit dem Mund zu befriedigen. Dabei streichelte ich wie von Sinnen meine Klitoris und arbeitete mich zu einem neuen Höhepunkt vor. Daniel hielt die Arme hoch, sodass ich mich an ihnen festhalten konnte, während meine Möse begierig seinen Schwanz in sich aufsog und ich zu einem langsamen Ritt ansetzte. Als ich das Tempo beschleunigte, sah er mich ungläubig an. Ich zog alle Register, die mir zur Verfügung standen, und gab alles, was ich in mir hatte, all meine Erfahrung, all meine Liebe, all meine Hingabe und all meine Zärtlichkeit. Ich wurde noch schneller, und als wir beide kamen, warf Daniel mich auf die Seite, um mich noch mit ein paar allerletzten Stößen zu beglücken, und ich schrie »Oh, Daniel, ich liebe dich!«

Dann gingen in dem Raum plötzlich die Lichter aus. Die Dunkelheit war mir sehr willkommen! Sosehr ich diese ganze Szenerie auch zu schätzen wusste, die hier für uns geschaffen worden war, so dankbar war ich in diesem speziellen Moment für die Intimität der Dunkelheit. Immerhin war es der Schlusspunkt unserer ersten Liebesnacht. Eine meiner beherrschendsten Fantasien war Wirklichkeit geworden, und ich war noch ein bisschen verwirrt. War das wirklich ich gewesen, die da gerade so eine Show abgezogen hatte? Jetzt, da es vorbei war, konnte ich es kaum glauben, und ich wurde plötzlich von allen möglichen widersprüchlichen Gefühlen überwältigt. Daniel hatte mir etwas gegeben, von dem ich bisher nur geträumt hatte, doch ich wusste nicht, ob ich es wirklich noch einmal erleben wollte. Die Erfahrung war so intensiv gewesen und so unglaublich umwerfend, dass mir plötzlich etwas flau war und mir das Ganze fast ein bisschen unheimlich vorkam. Doch meine plötzlichen Zweifel vermochten meine Euphorie nicht im Geringsten abzuschwächen … Ich war in einem absoluten Glückszustand: sprachlos, erfüllt und verliebt, und ich hätte diesen Augenblick der Wonne mit niemand anderem teilen wollen als mit Daniel …

Daniel wiegte mich sanft in seinen Armen, strich mir zärtlich durchs Haar, und in dem Moment stand für mich fest, dass ich in diesen Armen noch lange, lange bleiben wollte …

»Wenn du willst, können wir den Ort wechseln«, riss Daniel mich aus meinen Gedanken. »Wir können hinter die Glaswand gehen …«

»Nein, nein … Es wäre nicht das Gleiche. Oh, Daniel, es war so … Mir fehlen die Worte. Von so etwas habe ich seit Jahren geträumt. Natürlich nicht in allen Details, aber ähnlich perfekt. Und das gerade war das Nonplusultra für mich! Ich bin so froh, dass ich meine Fantasie einmal ausleben konnte … Und wie war es bei dir? Ist es dir schwer gefallen?«

»Überhaupt nicht. Am Anfang war es natürlich ein bisschen ungewohnt, aber dann war es richtig gut … Bleib einfach in meinen Armen und ruh dich ein bisschen aus, danach machen wir noch einen kleinen Rundgang. Ich habe noch eine weitere Überraschung für dich … Ach übrigens, willst du heute Nacht bei mir bleiben?«

»Als ob du mich das fragen müsstest!«

Wir lagen Arm in Arm da und genossen versonnen unseren Zustand tiefer Glückseligkeit. Auf einmal verspürte ich den dringenden Wunsch, nach Hause zu fahren. Da wir ohnehin nicht vorhatten, die Nacht in diesem Raum zu verbringen, gab es keinen Grund, unseren Aufenthalt noch ewig in die Länge zu ziehen. Außerdem hatte Daniel noch eine weitere Überraschung erwähnt, die er mir zeigen wollte …

Ich folgte ihm in einen kleinen Nebenraum, in dem wir uns anzogen und uns ein wenig herrichteten. Er bat mich, die Maske noch aufzubehalten, aus welchen Gründen auch immer, und ich fügte mich seinem Wunsch …

»Wie hast du diesen Ort eigentlich ausfindig gemacht? Und wer hat sich das alles ausgedacht?«

»Das ist Teil der Überraschung … Bist du bereit für den großen Rundgang?«

»Ja. Aber können wir bitte bald zu dir nach Hause fahren?«

»Kein Problem, es dauert wirklich nicht lange, ich verspreche es dir.«

Er führte mich einen Flur entlang und dann eine Treppe

hoch. Wir gelangten in einen runden Gang, von dem etliche Türen abgingen. Die Türen führten in die Nischen, aus denen unsere Zuschauer unserem Schauspiel beigewohnt hatten.

»Daniel, mir ist im Moment nicht danach, einem anderen Paar zuzusehen …«

»Pst! Folge mir einfach.«

Er öffnete eine der Türen, und bevor ich Einspruch erheben konnte, drückte er einen Knopf, und die Nische erstrahlte in hellem Licht. Drinnen standen ein Mann und eine Frau; sie waren beide maskiert und hatten jeweils den Arm um die Taille des anderen gelegt …

Schaufensterpuppen …

Wir gingen zur nächsten Tür, und Daniel wiederholte die Prozedur. Wieder zwei Schaufensterpuppen, diesmal in Ausgehkleidung und mit Handschuhen, und ebenfalls maskiert …

»Der Laden hier gehört einem Freund von mir, der Modedesigner ist. Hier führt er seinen Kunden seine neuesten Entwürfe vor. Auf diese Weise kann er sich die teuren Models sparen. Bist du jetzt enttäuscht?«

Ich hatte alle Mühe, nicht in einen hysterischen Lachanfall auszubrechen. Dann schluckte ich ein paar Mal schwer und sagte: »Jedenfalls haben wir aus diesem Abend wirklich ein unvergessliches Erlebnis gemacht …«

# Winterträumerei

Bzzzz! Bzzzz!

Das penetrante Summen der Türklingel riss Michele aus dem Tiefschlaf. Es war erst halb neun an ihrem ersten freien Tag, den sie sich seit drei Wochen gönnte. Ihr Ehemann war für ein paar Tage auf einem Auswärtsdreh, sodass sie herrlich hätte ausschlafen können …

Bzzzz! Bzzzz! Bzzzz!

Wie ärgerlich, dass sie ausgerechnet heute gestört wurde! »Warum, zum Teufel, kann man mich nicht mal einen Tag lang in Ruhe lassen!«, jammerte sie verzweifelt. Ihre Laune war auf dem Tiefpunkt, und der Tag hatte gerade erst angefangen. Da sie offenbar keine andere Wahl hatte, quälte sie sich mit einem tiefen Seufzer des Selbstmitleids aus dem Bett.

Sie schlüpfte in ihren Bademantel, verließ das Schlafzimmer und lief, die ganze Zeit leise vor sich hin fluchend, die Treppe hinunter. Durch das kleine Fenster neben der Haustür erspähte sie einen riesigen Strauß weißer Lilien, der den Kopf des jungen Blumenkuriers beinahe vollkommen verdeckte.

»Was ist das denn? Wer ist da? Martin?«

Sie öffnete die Tür.

»Mrs. Blake?«

»Ja.«

»Der Strauß ist für Sie. Einen angenehmen Tag noch!«

Die Blumen waren wunderschön. Michele suchte nach dem Schildchen mit dem Namen des Floristen und zuckte mit den Schultern, als sie keines fand. Offenbar hatte man es vergessen ... In diesem Moment entdeckte sie einen winzigen, in einer Plastikhülle steckenden Umschlag und wusste, ohne den kleinen Brief geöffnet zu haben, um was es sich handelte: um eines dieser langweiligen, mit Blumen, Schleifen und kleinen Vögeln illustrierten Kärtchen. Jede Wette, dass auch dieses Kärtchen die wenig originelle, von einem Angestellten hingekritzelte Botschaft »Ich liebe dich, Martin« enthielt. Nichtsdestotrotz stimmte das Geschenk sie ein wenig gnädig, außerdem war sie natürlich neugierig ...

Ihr lieber Ehemann unternahm also einen weiteren fantasielosen und berechenbaren Versuch, sich mit ihr zu versöhnen, daran bestand kein Zweifel. Als ob er damit ihre Probleme lösen könnte! Nun gut, immerhin gab er sich Mühe. Für ihren Geschmack hätte er sich allerdings gern mal etwas Originelleres einfallen lassen können, aber diese Art von Versöhnungsangebot war typisch für den Mann, den sie geheiratet und im Laufe der Jahre zu ändern gehofft hatte. Dabei fiel ihr ein alter Spruch ein, den sie vor langer Zeit einmal gehört hatte: »Eine Frau heiratet ihren Mann immer in der Hoffnung, dass dieser sich ändert, während der Mann darauf setzt, dass seine Frau immer so bleibt, wie sie ist ...«

Schließlich trennte sie die Karte von dem Strauß. Klein war sie auch dieses Mal, doch das typisch kitschige Muster fehlte; sie war vollkommen weiß. Sie klappte sie auf und staunte umso mehr, als sie nicht wie üblich »Ich liebe dich, Martin« las, sondern den geheimnisvollen kurzen Satz: »Ich beobachte dich schon seit einer ganzen Weile.« Das war alles. Keine Unterschrift, keine Initialen, kein »Ich liebe dich« oder »Bitte vergib mir«. »Was hat das zu bedeuten?«, fragte sie sich vollkommen verwirrt. »Ich beobachte dich schon seit einer ganzen Weile«? Das war weder Martins knapper, beinahe abgehackter Stil noch seine übertrieben ordentliche Handschrift, die sie immer argwöhnisch werden ließ und die Vermutung nahe legte, dass er den Text telefonisch diktiert hatte. Aber warum war er plötzlich so geheimnisvoll?

Das Ganze war ihr ein absolutes Rätsel. Sie blieb eine Weile an der Tür stehen und grübelte. Da sie nun sowieso hellwach war, machte es keinen Sinn mehr, sich wieder ins Bett zu legen. Also verwarf sie ihren ursprünglichen Plan, mal so richtig auszuschlafen, und gönnte sich stattdessen ein schönes heißes Bad.

Die Karte mit dem geheimnisvollen Text ging ihr nicht aus dem Kopf, auch nicht, als sie in ihr herrlich duftendes Schaumbad stieg. Bei Martins Abreise am Tag zuvor war die Stimmung zwischen ihnen ziemlich schlecht gewesen. Die unterschwellige Spannung, die sich schon seit Monaten zwischen ihnen angestaut hatte, hatte sich schließlich entladen. Sie hatten sich offen angeschrien und gestritten. Und warum? Das wusste sie selbst nicht genau ... Wahrscheinlich hatte sich einfach bei jedem von ihnen einiges an Ärger angestaut, und anstatt ihre Probleme zur Sprache zu bringen, hatten sie sie unter den Teppich gekehrt, totgeschwiegen, verdrängt ... Sie waren jetzt seit fünf Jahren verheiratet und gingen beide in ihren Berufen auf, sodass sie wenig Zeit füreinander und auch noch keine Kinder hatten. Bis vor kurzem war ihre Beziehung dennoch relativ stabil gewesen. Und dann hatte Michele plötzlich daran denken müssen, dass sie sich gar nicht mehr erinnern konnte, wann sie sich zum letzten Mal geliebt hatten ... Es musste mehr als drei Monate her gewesen sein, als sie wieder einmal vollkommen unkonzentriert und beinahe mechanisch den Akt vollzogen hatten – schnell und nahezu leidenschaftslos. »Und das ist wahrscheinlich auch wieder meine Schuld!«, hatte sie ihn angefaucht. »Weil ich zu viel arbeite ... Dem Mann des Hauses kann man es natürlich nicht anlasten, dass seine Frau unzufrieden ist. Er hat natürlich auch jede

Menge Arbeit und viel um die Ohren, aber was er macht, ist ja zu wichtig, um mal ein bisschen kürzer zu treten ... Meine Arbeit zählt ja nicht, hab ich Recht? Das Mindeste, was man von mir verlangen kann, ist doch wohl, dass ich sechzig Stunden die Woche maloche, all die kleinen Probleme in unserem Haushalt löse und last but not least die Liebe und das Feuer meines Kriegerhäuptlings wieder aufleben lasse! Das mache ich doch mit links!«

An einem Morgen vor ein paar Tagen waren schließlich die Fetzen geflogen. Er hatte ihr unmissverständlich an den Kopf geworfen, dass er bei ihr mit seiner Weisheit am Ende sei. Noch weniger taktvoll hatte sie ihm entgegengeschleudert, dass sie ihn nicht einmal mehr anziehend finde. Daraufhin war er gegangen, und seitdem hatte sie nichts mehr von ihm gehört, bis an diesem Morgen der Blumenstrauß mit der geheimnisvollen Karte eingetroffen war. Warum hatte er diese Worte benutzt? Waren sie Beweis für seinen Wunsch, an ihrer Beziehung festzuhalten, wovon sie in der letzten Zeit nichts gespürt hatte? Oder wollte er mit seiner Geste ihren Vorwurf widerlegen, dass er sie nicht mehr mochte? Sie hatte keine Ahnung, irgendwie machte das alles keinen Sinn. Ihr Mann war ein Freund absoluter Offenheit und hasste es in jeder Situation, irgendetwas im Unklaren zu lassen. Oft platzte er einfach heraus: »Sag mir, was du fühlst, dann erledigen wir das schnell!«

»Warum ist er jetzt plötzlich so seltsam und spricht in Rätseln?«, fragte sie sich.

Langsam aber sicher konnte Michele an nichts anderes mehr denken. Sie versuchte sich krampfhaft einzureden, dass sie wirklich Besseres zu tun hatte, als ihre wertvolle Zeit damit zu verschwenden, sich über Martins Gefühlszustand den Kopf zu zerbrechen, aber ihre Gedanken drehten sich immer wieder im Kreis ... Inzwischen war es halb elf, und ihr Bad hatte sie nicht im Geringsten entspannt. Sie lief wie ein Löwe im Käfig hin und her, und dann klingelte zu allem Überfluss auch noch das Telefon.

Es war Martin. Seine Stimme klang ganz sanft, er hauchte fast ins Telefon. Ausgerechnet Martin, der normalerweise kurz und bündig den Grund seines Anrufs nannte und dann meistens viel zu schnell wieder auflegte, klang auf einmal etwas unsicher. Nach dem üblichen Geplänkel fasste er sich schließlich ein Herz und kam auf den Punkt.

»Michele, wir müssen reden.«

Er holte einmal tief Luft, zögerte eine Sekunde und setzte erneut an.

»Ich bin völlig durch den Wind ... Ich vermisse dich so und will dich auf keinen Fall verlieren. Ich habe Angst, dass ...«

Die unerwartete Offenheit, mit der er plötzlich über seine Gefühle redete, überraschte sie dermaßen, dass alle Feindseligkeit, die sie ihm gegenüber empfunden hatte, sich schlagartig in Luft auflöste. Sie versuchte, genauso sanft zu klingen wie er.

»Martin, ich mache mir auch Sorgen. Was ist bloß mit uns los? Sag mir, wann haben wir aufgehört, miteinander zu reden und einander zu verstehen? Wann ist das alles plötzlich so anders geworden?«

»Ich versuche früher nach Hause zu kommen, okay? Heute ist Mittwoch, und laut Drehplan haben wir bis nächsten Donnerstag zu tun, aber ich werde alles daran setzen, dass wir schneller fertig werden. Ich kann so nicht weiterleben, immer mit der bangen Frage im Hinterkopf, ob du noch da bist, wenn ich nach Hause komme ...«

»Natürlich bin ich noch da. Wir müssen uns einfach nur mal ein bisschen Zeit nehmen und ganz offen über alles reden.«

»So machen wir's. Ich liebe dich und sage dir umgehend Bescheid, wenn ich weiß, wann ich komme. Pass auf dich auf. Versprochen?«

»Versprochen. Ach, und fast hätte ich's vergessen: vielen Dank.«

»Wofür?«

»Na, du weißt schon. Ich habe sie heute Morgen bekommen.«

»Wovon in aller Welt redest du?«

»Nun stell dich nicht dumm. Von den Blumen natürlich.«

»Was für Blumen? Ich habe nie irgendwelche Blumen geschickt.«

Sein Ton ließ keinen Raum für Zweifel: Er war wirklich überrascht.

»Okay, wenn du es sagst ...«

»Jetzt lenk nicht ab! Wovon redest du? Was für Blumen?«

Es entstand eine kurze Pause, dann fuhr er mit unterkühlter Stimme fort:

»Hast du einen Verehrer?«

»Natürlich nicht! Bestimmt sind sie von Lisa oder David. Die beiden wissen, dass es mir in letzter Zeit nicht besonders gut geht.«

»Verheimlichst du mir etwa irgendetwas?«

»Aber nein. Hör zu, ich muss jetzt los. Du rufst mich dann an, ja?«

»Mach ich. Bis bald.«

Er hatte tatsächlich so geklungen, als ob er nichts von den Blumen wüsste ... Aber wer hatte ihr den Strauß dann zukommen lassen? Und diese merkwürdige kurze Botschaft? Ihre besten Freunde David und Lisa wussten nichts von ihren Problemen, jedenfalls nicht von ihr, und Martin war erst recht nicht der Typ, der seine Eheprobleme mit anderen diskutierte. Und zu ihm selber passte diese Art von Spielchen eigentlich ganz und gar nicht.

Das Ganze machte sie zusehends verrückt. Außerdem wurde sie wie Martin von ihrem schlechten Gewissen geplagt. Sie erinnerte sich nur zu gut an die bösen Worte, die sie sich vor seiner Abreise entgegengeschleudert hatten, und jetzt bereute sie ihre Bösartigkeit zutiefst. Bei ihrem Telefonat eben hatte sein Wunsch, alles wieder in Ordnung zu bringen, aufrichtig und ernst geklungen. Sie würde auch einen Versuch machen und ihrer Beziehung noch eine Chance geben. Schließlich war alles so schön gewesen, bis … Ja, wann genau hatten die Probleme eigentlich angefangen? Sie hatte sich damals Hals über Kopf in diesen Mann verliebt und war ganz verrückt nach ihm gewesen. Dann war sie irgendwann auf den Boden der Wirklichkeit zurückgeholt worden, und die blinde Leidenschaft war einem etwas weniger brennenden Gefühl gewichen. Einem tieferen Gefühl. Ja, sie wusste, dass sie ihn immer noch liebte und dass sie ihn entgegen ihrer Behauptung immer noch anziehend fand. Aber dann … Es war vor allem sein mangelndes sexuelles Interesse an ihr, das sie so verletzte und frustrierte. Gerade der Sex … Er hatte immer dazu beigetragen, die Spannungen zwischen ihnen abzubauen und sie einander wieder näher zu bringen. Er hatte dazu beigetragen, ihre belanglosen kleinen Probleme als das erscheinen zu lassen, was sie waren, nämlich belanglose kleine Probleme, und Gott, wie sie diesen Sex vermisste!

Sie wusste zwar, dass sie die Erholung dringend brauchte und am nächsten Tag wieder ein Haufen Arbeit auf sie wartete, doch inzwischen war sie viel zu aufgekratzt, um den ganzen Tag wie geplant zu Hause zu verbringen. Also beschloss sie, sich in ihrem Lieblingssessel noch eine Tasse Kaffee zu gönnen, gemütlich ein wenig in der Zeitung zu schmökern und dann doch kurz in ihrem Büro vorbeizuschauen.

Als sie so dasaß, spielte sie schließlich in Gedanken noch eine andere Möglichkeit durch, die sie bisher nicht an sich herangelassen hatte und die ihr ziemliches Unbehagen bereitete. Was, wenn Martin Recht hatte und sie tatsächlich einen Verehrer hatte? Irgendein schüchterner Typ, der sie aus der Ferne beobachtete und nicht mehr länger mit seinen Gefühlen hinterm Berg halten konnte … »Ich meine, schließlich sehe ich ganz gut aus! Und dass mein Ehemann mich offenbar nicht mehr begehrt, muss ja nicht heißen …«

Michele ließ ihren Gedanken freien Lauf und kam ins Träumen. Gemütlich in ihren Sessel geschmiegt rief sie sich ein Fantasieerlebnis vor Augen, von dem sie seit ihrer Jugend träumte … Sie flanierte an einem lauen Sommerabend einen einsamen Weg entlang … Der Fremde näherte sich ihr langsam von hinten. Sie hatte ihn nicht gesehen und hatte keine Ahnung, dass er da war, weil er sorgsam darauf bedacht war, im gleichen Takt zu gehen wie sie. Er war groß und schlank, hatte kurzes braunes Haar und trug eine weite verwaschene Jeans und ein weißes Hemd. Seine wilden Augen starrten gierig ihren Rücken, ihre Schultern, ihre Beine an. Seine nackten Füße versanken immer tiefer im feuchten Matsch, als er plötzlich schneller wurde und sie schließlich überholte …

Als sie endlich realisierte, dass er da war, war es zu spät davonzurennen. Er hatte ihr den Arm um die Gurgel gelegt und hielt ihr mit der Hand den Mund zu … Mühelos zerrte er sie in die Büsche, die den Weg säumten und wo sie niemand sehen konnte. Dann presste er sie gegen den Stamm eines alten Baumes. Die raue trockene Rinde riss ihr das Kleid auf und bohrte sich schmerzhaft in ihre weichen Brüste. Im nächsten Moment wurden ihre Arme an einem der Äste festgebunden; während der ganzen Zeit wurde kein Wort gesprochen, keine Drohung ausgestoßen … Sie spürte seinen Penis, der gegen ihr Kreuz drückte. Er war riesig und so hart wie der Baumstamm, an den sie gefesselt war.

Michele war so in ihre Träumerei vertieft, dass sie gar nicht recht merkte, wie sie anfing, zärtlich ihre Brüste, ihren Bauch und ihre Schenkel zu streicheln … Der Fremde kam mit seinem Mund an ihr Ohr und drohte ihr flüsternd, ihr sofort einen Knebel zu verpassen, wenn sie anfinge zu schreien. Aber es gab sowieso weit und breit niemanden, der sie hätte hören können … Er schob mit einem Ruck ihr niedliches kleines Kleid hoch und riss ihr gleichzeitig den Schlüpfer vom Leib. Sie spürte, wie sich in ihrem Unterleib jener vertraute wohlige Druck aufbaute. Es war eine Mischung aus Schmerz und Lust, eine schwere feuchte Wärme, die nach unten strömte, während ihr gleichzeitig wohlig prickelnde kleine Schauer über den ganzen Körper huschten.

Während ihr imaginärer Liebhaber sie an den Hüften hochstemmte und sie zwang, auf Zehenspitzen zu stehen, riss Michele sich wie benommen den lästigen Morgenrock vom Leib. Der Fremde zog brutal ihre Schenkel auseinander, bedeckte ihren Nacken mit groben Küssen und begann, ihr in die Schulter zu beißen und sein stoppeliges Kinn an ihr zu reiben.

Als er mit all seiner brutalen Kraft in sie eindrang, fasste sich Michele, schwindlig vor Erregung, zwischen die Beine. Er biss sie weiter in einem fort und presste dabei mit Nachdruck irgendwelche unverständlichen Worte hervor. Dann zerriss er mit fiebrig funkelnden Augen den oberen Teil ihres Kleides und packte mit beiden Händen ihre weichen weißen Brüste. Sein Schwanz stieß mit fast schmerzender Dringlichkeit in sie hinein.

Von der Intensität ihrer Fantasie wie betäubt, streichelte sie fast außer sich vor Erregung ihre angeschwollene Pussi. Ihre Finger wussten in- und auswendig, wie sie diese empfindlichste Region ihres Körpers am besten verwöhnten, und sie verfolgten ihr Ziel mit aller Inbrunst und Leidenschaft und stimulierten das zarte Rosa ihrer feuchten Spalte, bis sie schließlich in der heißen Öffnung verschwanden … und sie mit aller Gewalt kam.

Als sie in ihrer Firma ankam, war es bereits Mittag. Sie wirkte ein wenig abgespannt, und Sonia, ihre zuverlässige Assistentin, schien ziemlich verblüfft, sie zu sehen. Michele erklärte ihr schnell, dass sie einfach zu viel zu tun habe, um einfach zu Hause zu bleiben, schnappte sich ihre Post und verschwand in ihrem Büro. Die Post bestand aus dem üblichen Kram: Weihnachtskarten, Rechnungen, die wie immer zu früh kamen, und irgendwelche Werbeprospekte. Doch dann hielt sie plötzlich einen schlichten weißen Umschlag in der Hand, auf dem kein Absender verzeichnet war und nur ihr Name stand. Diese Schrift ... Sie war sicher, dass es die gleiche Schrift war wie die auf der kleinen Karte, die am Morgen den Blumenstrauß begleitet hatte!

Gleichermaßen aufgeregt und neugierig schlitzte sie den Umschlag auf und entnahm ihm ein schlichtes weißes Blatt mit den Worten: »Meine allerliebste Michele. Ich hoffe, die Blumen haben dir gefallen. Ich beobachte dich und begehre dich. Aber ich kann nicht mehr ewig warten.«

Auch dieses Mal war der Brief nicht unterzeichnet, nicht einmal mit Initialen. Nichts ... Und es war auf keinen Fall Martins Schrift, da war sie absolut sicher. Sie stürmte umgehend in Sonias Büro.

»Ich habe eine Frage, Sonia. Kannst du mir sagen, auf welchem Weg dieser Brief hier eingetroffen ist?«

»Keine Ahnung. Ich weiß nur, dass er auf dem Boden lag, als ich heute Morgen ankam, als ob ihn jemand unter der Tür durchgeschoben hätte. Eins weiß ich allerdings bestimmt: Er wurde nicht persönlich abgegeben. Daran würde ich mich erinnern.«

Plötzlich sah Sonia ihre Chefin besorgt an.

»Was ist denn mit dem Brief? Ist irgendetwas nicht in Ordnung?«

»Doch, doch. Alles in bester Ordnung. Es ist nur ein bisschen merkwürdig.«

Sie ging zurück an ihren Schreibtisch und ließ den Umschlag in ihrer Handtasche verschwinden, um ihn mit nach Hause zu nehmen und den Brief dort mit der Schrift auf der Karte zu vergleichen.

Als sie an diesem Abend den Brief und den Blumengruß nebeneinander hielt, sah sie sofort, dass die Schrift identisch war …

Donnerstag, halb zwölf mittags.

Michele versuchte sich auf ihre Arbeit zu konzentrieren, doch sie war nicht ganz bei der Sache. In ihrem Büro herrschte ein einziges Durcheinander, und sie schob den großen Aufräumtag nun schon seit Herbst vor sich her. Sie entschied spontan, endlich Ordnung zu schaffen, und bat Sonia, in ihr Büro zu kommen und ihr zu helfen. Erst als Sonia hinter sich die Tür schloss, sahen sie beide das Paket, das an der Wand lehnte.

Michele war sicher, dass sie die Schachtel noch nie zuvor gesehen hatte. Sie war weiß und rechteckig und sah aus wie eine typische Kaufhausverpackung, doch es war nirgendwo vermerkt, wer sie wohl geschickt haben mochte. Michele packte sie nervös aus und starrte mit offenem Mund auf den Inhalt. Auf einem Stück Seidenpapier lagen zwei wunderschöne Lilien. Sie zögerte einen Moment, bevor sie das Papier mit leicht zitternden Händen wegnahm. In der geheimnisvollen Schachtel unbekannter Herkunft lag sorgfältig zusammengefaltet ein hinreißendes weißes Spitzennegligé mit einer geschmackvoll bestickten Borte und hauchdünnen Satinträgern. Und – wie sie vermutet hatte – ganz unten lag in der Schachtel eine kleine weiße Karte. Diesmal bestand die Mitteilung nur aus den Worten: »Bis bald, meine Liebste.« Sonst nichts.

Sonia setzte ein wissendes Lächeln auf, während Michele ein weiteres Mal völlig perplex war. Wie war dieses Paket in ihr Büro gelangt? Das Ganze artete allmählich zu einer Art Schatzsuche aus, die jedoch zunehmend beunruhigende Züge annahm. Falls doch ihr Mann hinter diesem Rätsel stecken sollte, war die einzige plausible Erklärung, dass er die Stadt gar nicht verlassen hatte. Aber was sollte diese ganze Geheimnistuerei? Im Übrigen bereitete ihm diese Art Spiel sowieso nicht das geringste Vergnügen. Wenn es aber nicht Martin war, dann wartete irgendjemand anders hinter den Kulissen auf seinen Einsatz. »Das übersteigt wirklich meinen Horizont«, dachte sie. »Schließlich bin ich nicht die Heldin irgendeiner Seifenoper. Ich bin Michele Blake, eine ganz gewöhnliche Frau, die mit einem ganz gewöhnlichen Mann verheiratet ist und ein ganz gewöhnliches Leben lebt. Wahrscheinlich hat sich mein Mann einfach nur in den Kopf gesetzt, mal etwas anderes auszuprobieren, und das ist alles.« Doch es gelang ihr nicht wirklich, an die Richtigkeit dieser Hypothese zu glauben ...

»Wie schön! Dein Mann hat aber wirklich einen guten Geschmack.«

Sonia lächelte verschmitzt und zwinkerte ihrer Chefin zu, doch bei näherem Hinsehen meinte Michele bei ihrer Assistentin auch einen Anflug von Neid zu erkennen. Dann machten sie sich an die Arbeit und vergaßen die Sache.

Als Michele an diesem Abend nach Hause kam, schlüpfte sie sofort in ihr Geschenk. Es passte wie angegossen und konnte schon deshalb nur von Martin sein, davon war sie nun felsenfest überzeugt. Er schien ihren Körper besser zu kennen, als sie geglaubt hatte ... Das Negligé war atemberaubend weiblich und herrlich weich und leicht. Zum ersten Mal seit Jahren fühlte sie sich wie eine sinnliche, geradezu begehrenswerte Frau. Wohin dieses kleine Spiel wohl führte? Sie war nun wirklich neugierig und fest entschlossen, ihren Part bis zu Ende zu spielen. Martin hatte ihr keine Telefonnummer hinterlassen, unter der sie ihn erreichen konnte, sodass sie wohl oder übel auf seinen Anruf warten musste.

Doch das Telefon klingelte den ganzen Abend nicht ein einziges Mal.

Der nächste Tag war ein Freitag, und es passierte absolut nichts Außergewöhnliches. Es gab weder Päckchen noch Anrufe und erst recht keine Überraschungen, die dem Tag ein wenig Abwechslung verliehen hätten. Michele war enttäuscht. Dabei war sie so gespannt, was Martin sich wohl als Nächstes einfallen lassen würde. Die Beachtung, die er ihr plötzlich schenkte, gefiel ihr zusehends und versetzte sie in einen Zustand der Erregung. War das Spiel etwa schon beendet?

Sie hatte an diesem Abend keine Lust auszugehen und blieb gemütlich zu Hause. Nach einem leckeren Essen und einem guten Glas Wein gab sie sich ihren Gedanken hin und genoss das Alleinsein. Sie liebte dieses heimelige Gefühl von Intimität, Unabhängigkeit und Freiheit. Sie ging ans Fenster und beobachtete die träge in der Luft umherschwebenden Schneeflocken. Alles war ruhig und still: eine perfekte Winterszenerie. Die dicken Schneeflocken, die seit dem frühen Morgen gefallen waren, schluckten jedes Geräusch. Der Wein entspannte sie und beflügelte ihre Sinne, und sie beschloss, noch einmal in ihr Negligé zu schlüpfen … Irgendetwas fehlte noch. Sie legte eine CD ein, die zu der Stimmung passte, und dann geschah es: Zu ihrer großen Freude wurde sie wieder von ihrem imaginären Liebhaber verfolgt … Es war immer derselbe Mann, derselbe Liebhaber ihrer Träume, der vor so langer Zeit ihrer Fantasie entsprungen war. Er schlich sich von hinten an, schlang wie immer seinen Arm um ihre Gurgel, doch dieses Mal war er hier bei ihr zu Hause. Er packte das Negligé und riss es ihr mit einem brutalen Ruck vom Leib; anschließend drückte die gleiche erbarmungslose Hand ihr Gesicht in ein paar übereinander liegende Kissen. Dann warf er sich auf sie, fesselte sie und schob ihr hastig ein paar in der Nähe liegende Kissen unter das Becken. Ohne jedes weitere Vorspiel drang er umgehend mit seinen Fingern und seiner Zunge in sie ein. Seine raue Hand rieb grob jene empfindlichste Stelle ihres Körpers, und sein gieriger Mund saugte sie förmlich aus. Der Schmerz war angenehm, die Furcht prickelnd und die Erregung schier unerträglich … und dann hörte er plötzlich abrupt auf. Er kniete sich hinter sie, riss sich seine Jeans herunter und stieß sein Glied ohne jede Rücksicht auf ihre empfindlichen Stellen brutal in sie hinein. Ihre vor Erregung triefende Möse ließ ihn geschmeidig ein- und ausgleiten, und seine ungezügelten Stöße wurden immer heftiger und drangen von Mal zu Mal tiefer in sie ein. Sein Schwanz war riesig, und ihre zarten Lippen brannten förmlich unter der Dauerattacke. Er wusste, dass er ihr Schmerzen zufügte, und genoss jede Sekunde in tiefen Zügen. Er vögelte sie wie von Sinnen, und während er immer schneller auf sie einstieß, grunzte er zufrieden vor sich hin, bis sie schließlich in einer Woge der Lust explodierte. Eingehüllt in edlen Satin und Spitze schlief Michele an diesem Abend mühelos und selig ein.

Das Klingeln des Telefons riss sie am Samstagmorgen aus dem Schlaf. Es war Martin.

»Hallo! Habe ich dich geweckt?«

»Ja, aber das macht nichts. Wie geht es dir?«

»Nicht schlecht. Der Dreh läuft prima. Wahrscheinlich kann ich schon am Montag zurückkommen. Hast du über uns nachgedacht? Ich vermisse dich sehr, Michele.«

Sie sagte nichts, und er fuhr fort:

»Was ich dir neulich an den Kopf geworfen habe, war falsch. Ich wünschte, ich könnte meine Worte rückgängig machen.«

»Oh, Martin, mir geht es genauso. Aber wenn wir unsere Beziehung retten wollen, müssen wir unbedingt endlich in Ruhe über alles reden. Ich würde mich riesig freuen, wenn du schon am Montag kommen könntest.«

Kurz darauf fügte sie mit leicht sarkastischem Unterton hinzu:

»Beim Dreh läuft alles super?«

»Ja, es ist alles bestens. Soll ich dir etwas sagen, Michele? Ich kann es kaum noch aushalten. Ich …«

Er atmete schwer.

»Ich will dich.«

Wann hatte er zum letzten Mal so etwas zu ihr gesagt? Er musste der geheimnisvolle Verehrer sein, da war sie jetzt ganz sicher.

»Ich möchte mir dir …«

Sie versuchte ihn ein bisschen in Wallung zu bringen und sagte: »Wenn du mich jetzt sehen könntest, könntest du dich garantiert nicht mehr zurückhalten.«

»Ich kann mir schon vorstellen, wie sexy du aussiehst in deinem aufreizenden kleinen Nachthemdchen … Sag lieber nichts mehr, ich kann es kaum noch ertragen!«

»Wie du willst. Bye, mein Schatz.«

»Bye. Bis Montag.«

Das war alles. Er hatte nicht die leiseste Anspielung auf ihr neues Negligé gemacht. Sie musste sich eingestehen, dass er stärker war, als sie gedacht hatte, und fürs Erste war er derjenige, der die Spielregeln bestimmte. Doch das sollte sich bald ändern.

Um kurz vor zehn betrat sie ihr Büro. Sie arbeitete gern samstags. Dann war es immer ruhig und menschenleer. Nicht einmal das Telefon störte, denn alle eingehenden Anrufe wurden vom Anrufbeantworter abgefertigt; nur ihre Privatnummer war freigeschaltet. Sie machte sich umgehend an die Arbeit und hörte erst auf, als sie gegen drei Uhr der Hunger überkam. Ein Sandwich in dem kleinen Eckrestaurant würde ihren Magen schnell beruhigen; wenn sie nur daran dachte, lief ihr das Wasser im Mund zusammen. Sie wollte gerade die Tür hinter sich zuziehen, als ihr privates Telefon klingelte.

»Hallo?«

»Michele?«

»Ja. Wer ist da?«

»Ich beobachte dich.«

Eine raue, tiefe Stimme, schwerer Atem … Das war nicht Martins Stimme. Ein mulmiges Gefühl machte sich in ihr breit, und ihr lief ein kalter Schauer den Rücken hinunter.

»Wer ist da?«

Keine Antwort, nur schweres Atmen.

»Falls du das bist, Martin, hör sofort auf! Ich finde dieses Spielchen nicht mehr lustig! Du hast gewonnen, okay?«

»Martin muss der Name deines Mannes sein, hab ich Recht? Sag mal, Michele, ist dein Mann eigentlich genauso wild auf dich wie ich?«

»So, nun reicht's mir aber. Ich lege jetzt auf. Ich finde das nicht mehr witzig, Martin.«

»Schade, dass dein Martin dich letzte Nacht nicht sehen konnte. Dieses kleine Negligé steht dir wirklich gut. Ich stehe auf Weiß, die Farbe der Reinheit. Es sieht so weich und geschmeidig aus. Aber was Männer angeht, stehst du eher weniger auf die Geschmeidigen, hab ich Recht, Michele? Ich bin genau das Gegenteil, und deshalb kann ich dir etwas bieten, wovon du schon seit Jahren träumst ...«

Michele blieb beinahe das Herz stehen. Sie stand reglos da. Letzte Nacht? Was hatte das zu bedeuten?

»Du musst keine Angst haben, Michele. Ich will dir nichts antun. Du erregst mich, Michele! Wenn du dich so berührst wie gestern Nacht, törnt mich das unglaublich an. Ich muss nur an dich denken, dann wird mein Rohr so hart und dick, dass nicht einmal du damit fertig würdest. Ich will noch einmal zusehen, wie du kommst. Du bist noch nie von einem Mann so berührt worden, wie du es gern hättest, stimmt's, Michele? Du hast eindeutig etwas Besseres verdient ...«

KLICK!

Sie hatte jetzt wirklich genug gehört! Der Appetit war ihr auch vergangen, und für den Moment wollte sie nur noch eins: so schnell wie möglich verschwinden. Falls der Anrufer wirklich Martin gewesen war, ging er eindeutig zu weit. Was er wohl während der vergangenen drei Tage getrieben hatte? Hatte er sie beobachtet? Und warum schlief er nicht zu Hause, wenn er in Wirklichkeit gar nicht drehte? Sie fand das Spiel definitiv nicht mehr witzig. »Und wenn doch jemand anders dahinter steckt?«, fragte sie sich zunehmend besorgt. »Was dann?« Dann war sie eindeutig in Gefahr. Und zwar in großer ... Sie drehte sich um und sah aus dem Fenster. Das leichte Schneetreiben vom Vormittag hatte sich in einen handfesten Sturm verwandelt. Nicht schon wieder! Das Sandwich konnte sie vergessen. Sie beschloss, nach Hause zu fahren und sich bis zum nächsten Tag dort einzuschließen. Falls Martin sie am Abend anrief, würde sie ihm laut und deutlich zu verstehen geben, dass er es endgültig überzogen hatte. Wenn er sähe, was sie für eine Angst hatte, würde er es mit Sicherheit gut sein lassen. Und falls er alles abstritt und ihr versicherte, dass er nicht der mysteriöse Anrufer gewesen sei, würde sie umgehend die Polizei einschalten.

Als sie das Gebäude verließ, fühlte sie sich schon ein bisschen besser. Doch was für ein Schneesturm! Sie schaltete das Autoradio ein, wo gerade an alle Menschen, die noch unterwegs waren, die Empfehlung durchgegeben wurde, auf dem schnellsten Weg nach Hause zu fahren, bevor sich das Wetter noch weiter verschlechterte. Es wurde erwartet, dass der Sturm noch zunahm, und für die Nacht wurden fünfundzwanzig bis dreißig Zentimeter Neuschnee vorhergesagt. »So ein Mistwetter!«, fluchte sie leise vor sich hin. Eigentlich liebte sie Schnee, doch dies war bereits der dritte Schneesturm in zwei Wochen! Es musste sie niemand groß überzeugen, dass es klug war, nach Hause zu fahren. Sie quälte sich durch den Verkehr, der von Minute zu Minute chaotischer wurde, und machte unterwegs noch ein paar Besorgungen. Zu allem Übel wurde es auch noch dunkel, und als sie es endlich geschafft hatte und den Wagen vor ihrem Haus parkte, war sie ziemlich erleichtert.

Auf der Stufe vor der Haustür lag ein fast völlig zugeschneiter Strauß halb erfrorener weißer Lilien. Sie hob ihn auf, eilte ins Haus und riss den unvermeidlichen kleinen Umschlag auf. Sie entnahm das Kärtchen und las: »Tut mir Leid, dass ich dich erschreckt habe. Ich will dir keine Angst einjagen. Ich will dich nur besitzen. Ein einziges Mal, nur ein einziges Mal. Du musst keine Angst vor deinen Fantasien haben.«

Aha. So läuft der Hase also. Die Angst schlug um in Erleichterung. Sie erinnerte sich genau, wie Martin sich einmal beklagt hatte, dass sie ihre Fantasien nicht mit ihm teile. Er hatte gesagt, dass es das Normalste von der Welt sei, solche Fantasien zu haben, und dass sie einfach offen mit ihm darüber reden solle, damit er ein paar Hinweise bekomme, wie er sie noch besser befriedigen könne. Aber es gab ein paar Dinge, die Michele für ausschließlich persönliche Angelegenheiten hielt, und ihre Fantasien gehörten nun einmal dazu. Martin war liebenswürdig und geduldig, und genau deshalb liebte sie ihn. Doch eines Tages hatte er so hartnäckig gebohrt und verlangt, endlich in ihre Fantasien eingeweiht zu werden, dass sie weich geworden war und ihm, um einen etwaigen Streit zu vermeiden, ein wenig erzählt hatte. Sie hatte ihm schlicht und einfach erklärt:

»Was würdest du sagen, wenn eine meiner Fantasien darin besteht, von einem Fremden überfallen zu werden? Das könnte dich ziemlich durcheinander bringen, schließlich bist du eher ein sanfter Typ und würdest dich womöglich fragen, warum ich ausgerechnet dich liebe und nicht einen aggressiveren Mann. Außerdem würdest du mich vermutlich für etwas merkwürdig halten, immerhin haben die meisten Frauen entsetzliche Angst vor einer Vergewaltigung. Einige finden die Vorstellung jedoch in gewisser Hinsicht auf perverse Weise erotisch. Kurzum, ich denke, einige Fantasien sollten besser geheim bleiben. Denn wäre es wirklich erregend, von einem Fremden überfallen und vergewaltigt zu werden? Nein. Was soll es also bringen, darüber zu reden? Mir selber wäre es unangenehm, und dich würde es völlig durcheinander bringen. Das ist alles, also lass uns das Thema einfach ein für alle Mal vergessen. Okay?«

Er schien ihre Sichtweise akzeptiert zu haben, jedenfalls war er nie wieder auf ihre Fantasien zurückgekommen. Sie wusste nicht, wie sie ihm beibringen sollte, dass sie einfach nur wollte, dass er im Bett hin und wieder ein bisschen härter zur Sache ging. Heftiger, leidenschaftlicher, brutaler …

Davon abgesehen konnte Michele kaum glauben, dass ihr Ehemann, der sich selber immer für so »korrekt« und konservativ hielt, tatsächlich in der Lage sein sollte, sich ein derartiges Spiel auszudenken. Im Augenblick wünschte sie sich zwar inbrünstig, dass er zu so etwas tatsächlich im Stande wäre, doch sie hatte ihre berechtigten Zweifel. Dieses Verhalten war für den Martin, den sie nun schon so lange kannte, einfach absolut untypisch! So etwas Unberechenbares, Obszönes passte einfach nicht zu ihm. Nicht zu dem Martin, mit dem sie verheiratet war. Aber wenn die mysteriösen Geschenke und Karten nicht von ihm stammten, vom wem waren sie dann?

Das Unwetter draußen wütete mit furchtbarer Gewalt. Es war eines jener Unwetter, die nur in diesem Teil der Welt zu erleben sind und auch das längst nicht in jedem Jahr. In den folgenden Stunden tobte es sich mit allem aus, was die Natur zu bieten hat: Schnee, Hagel, Eisregen, Donner, Blitze … und all das begleitet von orkanartigen Sturmböen. Michele wollte in diesem Moment nirgendwo anders sein als bei sich zu Hause. Eingekuschelt in ihren hübschen warmen Morgenrock fühlte sie sich pudelwohl. So ein schlimmes Unwetter machte sie immer ein bisschen nervös. Es war zwar aufregend, doch zugleich war ihr auch ein bisschen mulmig zumute. Bestimmt würde sie Schwierigkeiten haben einzuschlafen. Ein Gläschen Wein würde ihr sicher gut tun. Zumindest würde es sie ein bisschen beruhigen.

Es vergingen mehrere Stunden, doch Martin rief einfach nicht an. Schließlich gab sie die Hoffnung auf, dass er sich noch meldete, und ging ins Bett.

Sie war mitten im Tiefschlaf, als plötzlich irgendjemand mit übermenschlich erscheinenden Kräften ihr Haar packte und ihr mit einer behandschuhten Hand den Mund zudrückte. Michele war überzeugt, jeden Moment vor Angst zu sterben. Ihr stockte das Herz, doch nach einem kräftigen Adrenalinstoß begann es wieder langsam zu schlagen und wurde immer schneller, bis es so rasend hämmerte, dass sie fürchtete, es würde ihr jeden Moment die Brust sprengen. Ihre Gedanken jagten wild durcheinander, während sie verzweifelt zu begreifen versuchte, was mit ihr geschah. Ein Traum konnte doch nicht so realistisch sein! Als ihr schließlich klar wurde, dass es kein Traum war, versuchte sie aus Leibeskräften zu schreien, doch sie brachte keinen Ton heraus. Ihr Schrei erstickte stumm in ihrer Kehle.

Sie konnte kaum noch atmen und versuchte mit aller Kraft um sich zu schlagen, doch der Mann hockte mit seinem ganzen Gewicht auf ihr, drückte ihre Arme nach unten und klemmte ihre Handgelenke schmerzhaft unter seinen Knien fest. Immerhin schaffte sie es, ihm ein paar ordentliche Fußtritte zu verpassen, doch das schien ihn nicht im Geringsten zu beeindrucken. Sie versuchte vergeblich, nicht die Nerven zu verlieren und die Situation in Ruhe zu analysieren. »Nur keine Panik, nur keine Panik!«, redete sie in Gedanken auf sich ein. Plötzlich erhob der Angreifer seine Stimme:

»Beruhige Dich! Ich will dir nicht wehtun. Ich habe schon lange ein Auge auf dich geworfen ... und ich konnte unmöglich noch länger warten. Zwing mich nicht, dich zu schlagen ... Du bist so schön, Michele. Ich will dich. Jetzt.«

Er klang sehr bestimmt.

Er war es tatsächlich ... der mysteriöse Verehrer! Sie versuchte sich ihm zu entwinden und zu ihm aufzusehen, doch im Schlafzimmer war es stockdunkel, und sie konnte nichts erkennen. Die Finsternis steigerte ihre Angst ins Unermessliche, und sie fühlte sich furchtbar verletzlich. Eine Million Gedanken rasten durch ihren Kopf, darunter alle möglichen Fragen, auf die sie womöglich nie eine Antwort erhalten würde: »Wie ist er reingekommen? Wer ist der Mann? Womit habe ich das verdient? Kenne ich ihn? Ich, das Opfer einer Vergewaltigung? Ausgerechnet ich? Warum gerade ich? Werde ich jetzt sterben? Ich will noch nicht sterben!« Obwohl sie immer panischer wurde, wurde ihr plötzlich bewusst, dass die Dunkelheit in Wahrheit ein Segen war. Vielleicht würde er ihr tatsächlich nichts antun, wenn er sicher sein konnte, dass sie ihn auf keinen Fall wieder erkennen würde. »Beruhige dich, versuch doch, die Ruhe zu bewahren. Beruhige dich!«, redete sie unablässig auf sich ein.

Und dann sagte er plötzlich, wie um sie zu bestätigen:

»Ich verspreche dir, dir nichts zu tun, wenn du ruhig bleibst.«

Er gab sich Mühe, einen beruhigenden Ton anzuschlagen.

»Sobald ich mit dir fertig bin, verschwinde ich, und ich verspreche dir, dass du mich danach nie wieder siehst.«

Dann streichelte der Fremde zärtlich ihr Haar.

»Du musst wirklich keine Angst haben. Ich liebe dich und will dir kein Leid zufügen.«

Michele traute ihren Ohren nicht. Das war ja wohl verrückt. Total verrückt. Er liebte sie? Aber wer, um alles in der Welt, war er? Kannte sie ihn? »Oh, Martin, wo bist du bloß, wenn ich dich wirklich einmal dringend brauche?« Plötzlich drehte er sie grob auf den Rücken und riss sie abrupt aus ihren Gedanken. Sie versuchte erneut krampfhaft, in der Dunkelheit sein Gesicht zu erkennen, doch es war zwecklos. Sie konnte gerade so die Form seines Kopfes ausmachen. Als er für einen kurzen Moment nicht aufpasste, schaffte sie es, ihre Hände zu befreien. Sie stieß einen schrillen Schrei aus und versuchte, mit beiden Fäusten auf ihn einzuschlagen, doch der einzige Erfolg ihres verzweifelten Befreiungsversuchs war, dass er ihr erneut den Mund zudrückte und sie ein weiteres Mal den bitteren Geschmack von Leder zwischen den Zähnen hatte.

»Ich habe dir doch gesagt, du sollst ruhig sein.«

Diese Stimme. Das Heisere, Tiefe war verschwunden. Stattdessen klang sie auf einmal sanft, geduldig und vertraut ... Martin! Doch die Faust, die ihre Hände über ihrem Kopf niederdrückte, war genauso brutal und gnadenlos wie zuvor.

»Schrei ruhig, wenn du willst. Es kann dich sowieso niemand hören. Niemand. Du gehörst jetzt mir. Ich habe viel zu lange auf diesen Moment gewartet. Ich liebe dich. Am besten lässt du mich gewähren. Ich will dir wirklich kein Leid zufügen.«

Plötzlich entspannte sie sich ein wenig, und er nutzte die Gelegenheit, um sie blitzschnell mit einem Seidentuch zu knebeln. Wegen der Dunkelheit konnte sie zwar immer noch nichts sehen, aber sie wusste jetzt, dass es Martin war. O ja, er war es, da bestand kein Zweifel. Also war er es von Anfang an gewesen. Die Erleichterung, die sie plötzlich spürte, machte ihr bewusst, wie absurd ihre beherrschendste Fantasie im Grunde war. Die dahinschmelzende Angst und ihre zunehmende Entspannung ließen ihre Pussi aufblühen. Sie spürte, wie sich ihre Lippen öffneten und vor Erregung anschwollen. Martin küsste sie zärtlich auf die Schläfe und fesselte ihre Handgelenke über ihrem Kopf. Michele hatte Schmerzen ... aber es war so, als hätte sie ihr ganzes Leben auf diesen Moment gewartet, als würde sich plötzlich eine Tür öffnen und einen feinen Sinn für umfassendes Wohlbefinden freilegen. Er packte ihr Nachthemd und riss es ihr mit einem Ruck vom Leib. Sie erschauderte und versuchte sich aufzurichten, doch er packte sie grob an den Schultern und drückte sie zurück aufs Bett.

»Du willst dich nicht fügen? Also gut, dann bleibt mir keine andere Wahl ...«

Er stemmte sich über ihrer Taille ein wenig hoch und entledigte sich mit einem bedrohlichen Schweigen seines Gürtels. Sie versuchte sich weiter loszureißen und zu schreien und sich aufzurichten, aber sie war nicht stark genug ... Er machte mit seinem Gürtel eine Schlaufe um das Seidentuch, mit dem er ihre Hände zusammengebunden hatte, und befestigte ihn anschließend an einem der Bettpfosten. Jetzt hatte sie endgültig keine Chance mehr, sich zu befreien. Es war wunderbar, köstlich und zugleich furchtbar frustrierend. Er packte ihren Slip und streifte ihn mit beiden Händen hinab zu ihren Füßen. Die Haut ihrer Beine prickelte vor Erregung, und die brennende Hitze in ihrem Unterleib war wie eine Offenbarung. Zwischen ihren Beinen breitete sich wie eine Welle ein tauber, lustvoller Schmerz aus, und sie war so nass wie noch nie. Es war ein Gefühl, von dem sie schon immer geträumt hatte.

»Was hast du denn gestern Abend ganz alleine zu Hause gemacht? Du hast an mich gedacht, hab ich Recht?«

Michele hörte heraus, dass er lächelte.

»Ist es das, was du wolltest? Ist es das, worauf du gewartet hast?«

Sie hätte in ihren kühnsten Träumen nicht zu hoffen gewagt, Martin je so zu ihr sprechen zu hören. Er schien wirklich dominant und ungeduldig, und es schien ihn nicht die geringste Überwindung zu kosten. Unsanft hob er mit der einen Hand ihr Becken an und begann mit der anderen ihre Möse zu streicheln. Sein Streicheln war grob, viel zu grob; doch genau so wollte sie es. Erbarmungslos knetete er ihre empfindlichen Stellen, Schmerz und Lust vermischten sich in schier unerträglicher Weise. Ihre gefesselten Handgelenke brachten sie vor Schmerz beinahe um, und ihr ganzer Körper war angespannt und in Alarmbereitschaft. Doch ihr Unterleib brannte vor Lust, und sie spürte ihre Säfte zwischen ihren Pobacken hinunterfließen. Sie hatte sich genau dieses Vergnügen herbeigesehnt, hatte es genauso begehrt wie den Mann, der jetzt über ihr hockte. Er wurde zum Symbol ihres Schmerzes, und sie wartete ungeduldig, dass er weitermachte. Als ob er ihre Gedanken gelesen hätte, packte Martin ihre Brüste und knetete sie grob. Er fuhr mit seinen Fingernägeln über ihre Nippel, bis sie innerlich aufschrie. Lauwarme Tränen kullerten ihr langsam übers Gesicht. Waren es Tränen der Lust oder Tränen des Schmerzes? Sie wusste es nicht. Als Nächstes ging der Angreifer dazu über, sie in ihre Brüste, den Hals, die Schultern und den Bauch zu kneifen und zu beißen. Dabei ließ er seinen Mund ihren ganzen Körper hinabwandern, bis er mit seinen Bissen schließlich die empfindlichen Innenseiten ihrer Schenkel traktierte. Gleichzeitig fuhr er ohne Unterlass fort, sie mit beiden Hände so grob wie nur irgend möglich zu zwicken. Als seine Zähne schließlich ihre weit geöffneten Lippen erreichten, entfuhr ihr der gellende Schrei, den sie so lange unterdrückt hatte. Nach einer Weile zog ihr Liebhaber irgendetwas aus seiner Jackentasche, doch sie konnte nicht erkennen, was es war. Im nächsten Moment wurde das Tuch von ihrem Mund gerissen, und stattdessen zwängte Martin das merkwürdige Objekt zwischen ihre Zähne. Es war hart, nicht gerade klein, und es handelte sich offenbar um einen Metall- oder Glaszylinder. Dann zog er den Zylinder plötzlich abrupt heraus und führte ihn recht unsanft weiter unten ein, genau da, wo sie ihn so dringend ersehnte. Damit sie sich ein wenig an den Furcht erregenden Durchmesser des seltsamen Objekts gewöhnen konnte, begann er zunächst ganz behutsam, sie mit dem Ding zu stimulieren. Dann stieß er es immer schneller und brutaler in sie hinein, bis sie kurz davor war zu kommen. In diesem Moment zog er das Objekt heraus und warf es an die Wand, wo es explodierte und in Millionen Einzelteile zerbrach.

Als Nächstes hörte sie das quälende, kaum wahrnehmbare Geräusch eines Reißverschlusses, der mit unerträglicher Langsamkeit aufgezogen wurde. Er kniete über ihrem Gesicht. Endlich! Plötzlich drückte er ihren Mund auf und drang erbarmungslos in sie ein. Sie ließ ihn dankbar gewähren. Er schob seinen Schwanz so tief in sie hinein, dass sie fast keine

Luft mehr bekam. Mit einiger Mühe umfasste sie ihn mit der Zunge und nahm ihn auf, so gut es ging. Es schmerzte, und ihre Möse lechzte nach ihm. Bei alldem verspürte sie eine beinahe erschreckende Lust …

»Das gefällt dir, hab ich Recht? Zu dumm aber auch.«

Er stand mit einem Ruck auf und trat vom Bett zurück. Dann ging er bewusst langsam aus dem Schlafzimmer.

»Auf Wiedersehen, Michele.«

»Was!!! Komm zurück, und zwar auf der Stelle!«

Sie hörte, wie die quietschende Haustür geöffnet wurde, und im nächsten Moment zog ein kalter Lufthauch ins Schlafzimmer. Er war tatsächlich gegangen! Womit hatte sie es verdient, so schmachvoll zurückgelassen zu werden? Er ließ sie tatsächlich in diesem Zustand da liegen, bewegungsunfähig ans Bett gefesselt und kurz vor dem gewaltigsten Höhepunkt ihres Lebens! Sie keuchte vor Erregung. Dieser Mistkerl! Doch dann gab es eine Überraschung.

»Dachtest du wirklich, ich würde dich in diesem Zustand hier liegen lassen?«

Mit diesen Worten nahm er seine groben Liebkosungen wieder auf. Er drang mit seinen Fingern in sie ein und übersäte ihren Körper mit Bissen und Kniffen. Schließlich konnte sie sich nicht mehr zurückhalten und kam mit aller Gewalt.

»Ich habe dir nicht erlaubt, schon zu kommen. Das war keineswegs vorgesehen!«

Für einen kurzen Augenblick verharrte er absolut regungslos.

»Dann bleibt mir wohl nichts anderes übrig, als dich zu bestrafen.«

Er drehte sie auf den Bauch, hob ihr Becken an und drang ohne Vorwarnung mit einem brutalen Stoß in sie ein. Sie hatte das Gefühl, in zwei Stücke gerissen zu werden. Noch nie hatte Martin sie mit einer solchen Rohheit und Brutalität genommen, und sie fand es großartig!

Sie flehte ihn an weiterzumachen. Er beugte sich vor und umfasste von hinten grob ihre Brüste. Er knetete und traktierte sie mit seinen Fingernägeln und drang mühelos in ihre tiefsten Regionen ein. Unter seinem Gewicht drohte sie regelrecht zu ersticken, und sie hatte das Gefühl, jeden Moment der Länge nach gespalten zu werden. Sie kam erneut, und dann noch einmal, doch er war immer noch härter denn je und setzte ihr weiter mit solcher Gewalt und Rohheit zu, dass sie keine andere Wahl hatte, als sich seinen Attacken bedingungslos hinzugeben. Ihr Unterleib kontrahierte, und ihr ganzer Körper krümmte sich unter der Wucht eines Orgasmus, der gar nicht mehr enden wollte und der ihren Liebhaber dazu trieb, seinen Schwanz noch wilder in sie hineinzustoßen, bis er schließlich ebenfalls kam und sich über ihrem erschöpften Rücken, ihrem Hintern und ihren Schenkeln ergoss …

Sie waren atemlos, vollkommen erschöpft und schwebten in einem Zustand traumartiger Entspannung. Wenn das wirklich ein Traum war, dachte Michele, habe ich mich, was meine Fantasie angeht, diesmal wirklich selbst übertroffen. Martin band vorsichtig ihre Hände los und legte sich neben sie. Ihre Gefühle hätten es durchaus verdient gehabt, in Worte gefasst zu werden, doch im Moment fühlte sie sich einfach unbeschreiblich. Sie befand sich in einem Zustand absoluter und vollkommener Erfüllung. Sie schliefen beide ein, und das Letzte, woran sie sich erinnerte, waren das leichte Nachbeben ihres Körpers und die letzten Zuckungen ihrer Erregung, die sie bis in den Schlaf begleiteten.

Als Michele am nächsten Morgen aufwachte, stieg ihr der Duft von frisch aufgebrühtem Kaffee in die Nase. Die Sonne schien, und das Schneegestöber hatte auf dem Fenster hübsche Eisblumen zurückgelassen. Martin kam ins Schlafzimmer – der Martin, wie sie ihn kannte – und brachte ihr ein Tablett mit einem fürstlichen Frühstück ans Bett. Er war wieder ganz normal: ein junger smarter Typ in einem Velours-Bademantel und mit einer weichen, sanften Stimme. Er sah liebevoll auf seine Frau hinab, doch er hatte ein Funkeln in den Augen, das vorher nicht da gewesen war …

Er küsste sie zärtlich auf die Stirn und stellte das Tablett vor ihr ab. Neben dem Frühstück lag ein herrlicher Strauß weißer Lilien sowie ein kleiner weißer Umschlag, in dem eine aufklappbare Karte steckte. Die Vorderseite zierte ein Motiv mit kleinen Vögeln und rosa Blumen, um die ein gleichfarbiges Bändchen gewickelt war. Michelle klappte die Karte auf und las in der vertrauten Handschrift die vorhersehbaren Worte: »Ich liebe dich, Martin.«

# Die Verwandlung
## oder
## Das außergewöhnliche Abenteuer eines gewöhnlichen Mannes

Bernard hatte immer noch nicht den geringsten Schimmer, wie es hatte passieren können … Aber letztendlich war es ihm auch vollkommen egal. Seine dramatische Verwandlung war jedenfalls in der Tat außergewöhnlich, und genauso außergewöhnlich war, was diese dramatische Veränderung für ihn bedeutete …

Er hielt es nicht für nötig zu ergründen, warum er sich derart verwandelt hatte; es wäre vertane Zeit und Liebesmüh. Das Einzige, was für ihn zählte, war, dass sein Lebenstraum und größter Wunsch von einem Tag auf den anderen Wirklichkeit geworden war. Bernard hatte sich, wie es schien, über Nacht von einem kleinen pausbäckigen und kurzsichtigen Speichellecker in einen wahren Don Juan verwandelt.

Er hatte nie an Wunder geglaubt, doch sein geheimer Wunsch hatte ihn seit seiner Kindheit verfolgt. Nicht dass seine Makel ihn zu einem Monster gemacht hätten! So furchtbar sah er nun auch nicht aus. Doch was für ein Unterschied zu jetzt! Es passierte eines Morgens einfach so, wie aus heiterem Himmel. Weder dröhnende Donnerschläge noch zuckende Blitze hatten die drastische Verwandlung angekündigt. Ebenso wenig hatte Gott ihm seine gnädige Hand aufgelegt und ihm seinen Segen gegeben. Jedenfalls nicht, dass er wüsste …

Er hatte am Abend zuvor wie immer ein paar Bierchen getrunken und sich mit geistlosen Fernseh-Sitcoms bedröhnt und war gegen Mitternacht zu Bett gegangen. Am nächsten Morgen hatte ihn der Schlag getroffen. Ohne den geringsten Schmerz oder irgendein anderes bemerkenswertes Ereignis hatte er sich in einen neuen Menschen verwandelt ...

Als er an jenem Tag das Badezimmer betrat und wie immer mit seiner Morgentoilette begann, war ihm nicht einmal aufgefallen, dass er im Spiegel ein vollkommen anderes Gesicht sah. Erst nach seiner ersten Tasse Kaffee, als er zum Rasieren noch einmal ins Bad gegangen war, hatte er die Veränderung bemerkt und gedacht, dass er träumen musste: Er blickte in das Gesicht eines Fremden, der ihn verblüfft ansah ... Ein Fremder, der nicht wie er jeden Morgen geschwollene Augen und wild in alle Himmelsrichtungen stehende Haare hatte. Andererseits kam ihm der Fremde doch irgendwie bekannt vor ... Da endlich war er auf den Trichter gekommen, dass ein Wunder geschehen sein musste. Der Mann im Spiegel war er selbst, allerdings eine generalüberholte, extrem verbesserte Version seiner Person.

Als Erstes fiel ihm sein Haar auf. Während er in den vergangenen Jahren entsetzt hatte mit ansehen müssen, wie sein Haupthaar in rasantem Tempo immer lichter wurde, erfreute er sich jetzt plötzlich einer üppigen Mähne, die selbst den biblischen Simson vor Neid hätte erblassen lassen. Und das war erst der Anfang. Auch sein scheußlicher Schnurrbart, der für seine Scheidung mitverantwortlich gewesen war, war verschwunden, und die ihm seit langem vertrauten schwammigen und aufgedunsenen Konturen seines Gesichts waren auf einmal markanten Zügen gewichen und verliehen ihm einen regelrecht verführerischen Ausdruck. Sein Körper wirkte irgendwie größer, was daran lag, dass die Extrapfunde, die seine im Laufe der Jahre expandierende Taille geziert hatten, plötzlich wie Butter in der Sonne dahingeschmolzen waren. Seine Schultern hatten geradezu göttliche Ausmaße angenommen und sprengten fast seine Ärmel. »Ich muss mir etwas Größeres zum Anziehen kaufen!«, sagte er laut zu sich selbst. Sein Bauch war flach, und seine Fettrollen hatten sich in pralle Muskeln verwandelt. Seine kreideweiße, unbehaarte Brust war plötzlich mit dichtem Haar übersät, das ihn unglaublich männlich erscheinen ließ. »Das ist ja der reinste Wahnsinn!«, staunte er. »Jetzt kann ich mich endlich oben ohne sehen lassen!« Doch all dies waren längst nicht die augenfälligsten Veränderungen ...

Eine geradezu unglaubliche Verwandlung hatte zwischen seinen Beinen stattgefunden, wo sein Geschlecht seit Jahren nutzlos und schlaff herumbaumelte. Er starrte an sich herunter und staunte. Sein Penis präsentierte sich in einer allzeit-bereiten Pracht und hatte eine Größe, die er bisher nur aus extrem scharfen Pornofilmen kannte. Sein unscheinbarer kleiner Pimmel hatte sich in eine Waffe verwandelt, vor der man sich fürchten konnte, in einen Liebesknochen, der eine öffentliche Bedrohung darstellte! Und diese Rakete wartete ungeduldig darauf, abgefeuert zu werden ...

Bernard versuchte mit seiner segensreichen und erfreulichen Verwandlung so gut es ging klarzukommen und machte sich fertig für einen neuen Arbeitstag im Büro. Dabei schossen ihm alle möglichen Fragen durch den Kopf: »Was, zum Teufel, ist bloß mit mir passiert?« oder »Ob meine Freunde mich überhaupt noch wieder erkennen?« Doch als er in seine Unterhose schlüpfte und spürte, wie die neue Quelle seines Stolzes gegen die Enge rebellierte, schienen ihm derartige Fragen völlig irrelevant.

Als Bernard an diesem Morgen sein Apartment verließ, verstand er erstmals die wahre Bedeutung des Wortes Glück. Und seit seiner Verwandlung sagte er allabendlich jedem Gott, den er kannte, Dankesgebete auf. So hoffte er, dem Verantwortlichen für diese wundervolle Tat seine Dankbarkeit zu erweisen und sich seines weiteren Beistands zu versichern.

Seit diesem wundersamen Morgen war in seinem Leben

nichts mehr wie zuvor. Zum ersten Mal liefen ihm die Frauen regelrecht in die Arme, und zwar richtige Traumfrauen, deren Anblick einem geradezu den Verstand raubte. Bisher hatte Bernard sich nicht in seinen kühnsten Träumen vorstellen können, von einem dieser heißen Feger auch nur beachtet zu werden, die ihm jeden Tag begegneten, und jetzt kassierte er ein verführerisches Lächeln nach dem anderen.

Eines Tages wartete er geduldig an einer Ampel, als zu seiner Linken eine Bewegung seine Aufmerksamkeit erregte. Er drehte sich um und sah eine attraktive Blondine, deren Lippenstift exakt zu dem Rot ihres kleinen Sportwagens passte. Sie bedachte ihn mit dem bezauberndsten Lächeln und hauchte ihm feuchte Küsschen zu, wobei bei jedem Kuss ihre üppigen Brüste auf- und niederhüpften. Er freute sich so, dass er es kaum fassen konnte. »Wow!«, staunte er. »Sie meint tatsächlich mich!« Am liebsten wäre er sofort in ihr Auto gesprungen und mit ihr in ein diskretes kleines Motel gefahren, doch er hatte bereits eine Verabredung mit Cynthia, einem hübschen Rotschopf, den er ein paar Tage zuvor kennen gelernt hatte.

Für wen sollte er sich bloß entscheiden? Bernard kam sich vor wie ein noch unerfahrener Halbwüchsiger, der sich freiwillig in ein Frauengefängnis hat einsperren lassen und von Hunderten von Frauen umgeben ist, die vor Begierde fast umkommen und alle danach lechzen, ihn in die Welt der Lust einzuführen …

Er konnte es immer noch nicht fassen. »Ob ich das alles einer guten Fee zu verdanken habe? Einer fantastischen Fee mit einem Körper, der selbst Heilige in Versuchung führen und der ewigen Verdammnis anheim fallen lassen würde und die ausgerechnet mich als ihren lebenslangen Liebespartner auserwählt hat?« Wann immer er wegen seines promiskuitiven Lebenswandels einen Anfall von Gewissensbissen bekam, sagte er sich einfach: »Die gute Fee kann den Zauber ja jederzeit lösen, also nutze ich meine vorteilhafte Situation lieber so gut wie möglich aus, und sei es nur zu dem Zweck, meine Liebestechniken zu perfektionieren und mich auf den Tag vorzubereiten, an dem sie endgültig Anspruch auf mich erhebt ...«

Letztendlich entschied er sich für Cynthia, und wie sich herausstellte, entpuppte sich seine Wahl als alles andere als eine Enttäuschung. Sie stellte unglaubliche Dinge mit ihm an! Und da sein frisch erneuertes, unermüdliches Prachtorgan sich von einer bisher nie gekannten Ausdauer zeigte, bereitete auch er ihr alles andere als eine Enttäuschung. Es wurde eine unvergessliche Nacht, in der er sie vier Mal nahm und an deren Ende selbst sein strapazierfähiger und nicht unterzukriegender Schwanz so ausgelaugt war, dass er abzufallen drohte. Es waren Stunden wilder Lust, in denen sie sich ihm bedingungslos hingab und alles mit sich machen ließ, Stunden, in denen er ihren Körper auf jede nur erdenkliche Weise nahm und sorgsam darauf achtete, jede in Frage kommende Öffnung angemessen zu berücksichtigen. Einmal jedoch sprang sie auf und übernahm ihrerseits die Initiative. Sie hockte sich mit gespreizten Beinen auf ihn und ritt ihn so heftig, wie sie nur irgend konnte. Dabei schrie sie vor Lust, so angetan war sie von seiner einzigartigen Ausdauer und Manneskraft.

Am nächsten Morgen war er ein wenig erschöpft und ausgelaugt, doch er hätte ohne weiteres sofort wieder loslegen und da weitermachen können, wo er aufgehört hatte. Genau an diesem Morgen kam ihm seine geniale Idee in den Sinn. Nach einer kurzen Überprüfung seiner finanziellen Lage kam er zu dem Schluss, dass er es sich leisten konnte, sich einmal etwas Besonderes zu gönnen. Er konnte sich nicht erinnern, wann er zum letzten Mal so richtig die Vorzüge seines Singledaseins ausgekostet hatte. Natürlich hatte es im Leben des alten Bernard nicht gerade viele Gelegenheiten gegeben, die man hätte nutzen können, doch das war ja jetzt von Grund auf anders ... Seinen letzten Urlaub hatte er für einen erneuten Rettungsversuch seiner Ehe mit Janine vergeudet. Als Lohn für seine Bemühungen war sie am Ende ein weiteres Mal zur Tür rausmarschiert und hatte den Kleinen mitgenommen. Also …

Eine verlockende Zeitungsanzeige überzeugte ihn schließlich von einer Kreuzfahrt, die von Miami über die Bahamas nach Kuba führte. Doch eine gewisse Wendung der Ereignisse brachte es mit sich, dass ihm die zweite Etappe der Kreuzfahrt entgehen sollte …

Das Letzte, was ihm bei seiner Buchung des Trips in den Sinn gekommen wäre, war, dass er schließlich vor der Küste von Key West selig auf einem kleinen Schlauchboot dahintreiben würde, dem hellen Gelächter junger Frauen lauschte, das von einem nahen Segelboot zu ihm herüberdrang, und das Kreuzfahrtschiff in der Ferne entschwinden sah, während er sich von seiner ersten Begegnung mit Valérie erholte, einer hinreißenden, faszinierenden Frau mit einer ganz eigenen Art von Sinnlichkeit …

Er hatte Valérie auf der »Sea Queen« während der ersten Etappe der Kreuzfahrt kennen gelernt. Sie war Französin und hatte durch Beziehungen für die Sommermonate einen Job als Hostess auf dem Kreuzfahrtschiff ergattert; im Herbst wollte sie zurück nach Frankreich und ihr Studium fortsetzen. Während der ersten Tage an Bord lag Bernard überwiegend faul am Swimmingpool, las einen Thriller nach dem anderen und bewunderte die glitzernde See. Gleichzeitig registrierte er erfreut, wie seine Haut allmählich tiefbraun wurde, was ihm ein weiteres Mal wie eine Offenbarung erschien, denn vor seiner Verwandlung hatte er jedes Mal beim ersten Kontakt mit dem Sonnenlicht einen Sonnenbrand bekommen. Das Schiff war unglaublich luxuriös ausgestattet, doch davon nahm er so gut wie keine Kenntnis. Denn er war von jungen gebräunten Schönheiten umgeben, die ihre glänzenden eingeölten Körper zur Schau stellten und ihn mit ihren anmutigen Gesten, ihrem ungezwungenen Lächeln und gelegentlichem Smalltalk erfreuten. Was wollte man mehr!

Da er beschlossen hatte, sich selbst auf die Probe zu stellen und zu testen, wie lange er der Versuchung widerstehen konnte, eine von diesen köstlichen Verlockungen auszuprobieren, beschränkte er sich zunächst darauf, die eine oder andere Schönheit mit einem neckischen Lächeln oder einem wohlwollenden Zwinkern zu bedenken. Doch eine Frau brachte seine Hormone in Wallung und ließ sie Achterbahn fahren: Valérie. Es war ihm noch nicht gelungen, sie in eine Unterhaltung zu verwickeln, aber sie war ihm sofort aufgefallen; es war sowieso unmöglich, sie nicht zur Kenntnis zu nehmen. Und dann saß sie plötzlich auf dem Stuhl direkt neben ihm. Sie hatte nichts an außer einem umwerfenden weißen Bikini, der ihren schlanken aber muskulösen Körper hervorragend zur Geltung brachte. Ihre strahlend weißen Zähne blendeten ihn regelrecht, als sie ihn anmutig anlächelte und ihn mit vorgetäuschter Schüchternheit fragte, ob er ihr vielleicht den Rücken eincremen könne. Dazu bedurfte es wirklich keiner Extraaufforderung, und er nickte nur sprachlos.

»Vous êtes Américain?«

»Äh, nein. Ich bin aus Toronto.«

»Ah, Kanadier.«

»Ja …«

»Oh! Wie … reizend!«

Er hatte keine Ahnung, ob sie ihn reizend fand oder die Tatsache, dass er Kanadier war. Aber wen interessierte das schon! Dann fiel ihm ihr eigenartiges Medaillon ins Auge. Es sah aus wie eine Träne, maß etwa fünf Zentimeter und hing an einer dicken Silberkette. Er fragte sie, ob es etwas Besonderes darstelle, und zu seiner großen Überraschung errötete sie und sagte:

»Das ist ein Geheimnis …«

Obwohl ihn das natürlich neugierig machte, war Bernard viel zu sehr damit beschäftigt, sich die Augen aus dem Kopf zu gucken, als weiter nachzuhaken. Für jeden Mann, bei dem sich zwischen den Beinen noch etwas regte, war sie die Verkörperung eines feuchten Traums: Sie war groß und schlank, voller sinnlicher, katzenartiger Anmut, und sie hatte eine glatte, geradezu perfekt gebräunte Haut, lange sonnengebleichte Haare, funkelnde blaue Augen und derart makellose Zähne, dass bei deren Pflege und Herrichtung bestimmt irgendein Zahnarzt ein reicher Mann geworden war ... Kurzum, genau die Art von Frau, bei der seine Exfrau Janine, deren Irrationalität manchmal komische Züge annahm, vor Eifersucht geplatzt wäre.

Vor seiner Verwandlung wäre Bernard beim Anblick einer Frau wie Valérie knallrot geworden, selbst wenn sie ihm nur auf der Straße begegnet wäre. Er wäre dann am liebsten im Erdboden versunken, damit er nicht mit ansehen musste, wie die schönen Augen einer solchen Frau auch nur einen Augenblick ein hässliches altes Ekel wie ihn taxierten. Aber das war ja jetzt alles Schnee von gestern. Er rieb ihren äußerst appetitlichen Rücken mit vor Dankbarkeit zittrigen Händen mit Öl ein und hörte sie zu seiner Freude herausplatzen:

»Bist du verheiratet?«

Ihr französischer Akzent ließ seinen ungestümen Schwanz vor Erregung erbeben.

»Ich bin geschieden«, erwiderte er ohne zu zögern. »Zum Glück!«

Sie lächelte ein wenig perplex, als ob sie ihn nicht richtig verstanden hätte, doch als Bernard seine Antwort mit den paar französischen Brocken wiederholte, die er beherrschte, strahlte sie ihn offen an. Sie erzählte ihm, dass sie in Florida studiere und schon den dritten Sommer in Folge auf dem Kreuzfahrtschiff jobbe, um ihr Studium zu finanzieren, und dass ihr der Job großen Spaß mache. Sie arbeitete als Hostess und war unter anderem dafür zuständig, die Passagiere zu begrüßen. Die meisten verzauberte sie allein schon mit ihrem Akzent. Außerdem sollte sie sicherstellen, dass jeder rundum zufrieden war. Kurzum – sie war da, um den Passagieren ihre Reise so angenehm wie möglich zu gestalten. In ihrer Freizeit kümmerte sie sich um kleinere Probleme und pflegte ihre Sonnenbräune. Sie wusste natürlich bestens Bescheid, welche Aktivitäten an Bord angeboten wurden, und erinnerte Bernard an die an diesem Abend stattfindende »Casino-Nacht«, die man speziell zu dem Zweck organisiert hatte, die Passagiere im Glücksspiel zu trainieren, damit sie nicht gleich an ihrem ersten Abend auf den Bahamas all ihr Geld verloren. Sie endete mit einem geradezu flehenden Seufzer und sagte, dass sie hoffe, Bernard am Abend wieder zu sehen ... Bevor dieser dazu kam, begeistert zuzusagen, tönte von irgendwoher eine Klingel, und Valérie stand auf.

»Je dois partir ... Ich meine, ich muss gehen. Sehe ich dich heute Abend?«

»Mais oui!«

Bernard blieb noch ein paar Minuten am Pool und genoss die Szenerie vor seinen Augen, doch nach einer Weile hielt ihn nichts mehr – schließlich wollte er für den äußerst viel versprechenden Abend so gut wie möglich aussehen. Als Erstes nahm er eine Gymnastikstunde, um seine Muskelpakete, die ihn immer wieder aufs Neue erstaunten, in voller Pracht zur Geltung zu bringen. Danach brachte eine Masseurin all ihr Geschick zum Einsatz, um ihn vollkommen zu entspannen, und zu guter Letzt sorgte der Schiffsfriseur für ein perfektes Styling seiner neuen Haarpracht.

Er nahm verhältnismäßig früh ein leichtes Abendessen zu sich und ging noch einmal zurück in seine Kabine, wo er sich umzog, um noch unwiderstehlicher auszusehen. Valérie sollte an diesem Abend den Mann bekommen, von dem sie bisher nur geträumt hatte ...

Ein schneller Anruf genügte, und schon stand die Floristin mit einem riesigen Strauß rosa Rosen vor seiner Tür, die er Valérie schenken wollte, sobald er sie in seine Kabine gelockt hatte. Nötig war das nicht, da war er ziemlich sicher. Denn zu dem Zeitpunkt würde sie längst vor Begierde brennen, sich Hals über Kopf in ihn verliebt haben und seinem unwiderstehlichen Charisma verfallen sein. Für Champagner hatte er ebenfalls gesorgt und ihn wohlweislich kalt gestellt. »Ich zaubere ihn einfach im richtigen Moment hervor, lasse den Korken knallen und voilà!«, murmelte er vor sich hin und grinste lüstern. Er stellte sich in seinem besten Anzug vor den Spiegel und besprenkelte sich mit ein paar Tropfen Eau de Cologne. Schließlich verließ er gut gelaunt und in dem sicheren Bewusstsein seine Kabine, dass er die hübsche Valérie so gut wie »in der Tasche« hatte.

Beim Betreten der Bar fiel sie ihm sofort auf. Sie zu übersehen war auch kaum möglich, wenn nicht gar vollkommen ausgeschlossen. Sie trug ein weißes Satin-Gewand, das die anmutigen Konturen ihres Körpers durchschimmern ließ. Auf Unterwäsche hatte sie offenbar verzichtet – oder sie war so knapp, dass sie quasi unsichtbar war. Als Valérie ihm durch ein Zeichen zu verstehen gab, dass er sich zu ihr gesellen solle, leckte Bernard sich ungeduldig seine plötzlich trockenen Lippen.

Ein wenig unsicher brachte er hervor, dass sie »très belle« sei – ein anderes französisches Adjektiv fiel ihm nicht ein. Sie erwiderte, dass sie ihn ebenfalls äußerst »séduisant« finde. Nicht schlecht ... Es schien alles in die richtige Richtung zu gehen! Sie nahm ihn beim Arm und fragte ihn, ob er schon mal ein Kasino besucht habe. Er konnte ihre Frage mit einem ehrlichen »Ja« beantworten (dass der pummelige Versager, der er mal gewesen war, es geschafft hatte, in weniger als einer Stunde zweihundert Dollar zu verlieren, verschwieg er lieber ...). Sie freute sich sichtlich und lächelte ihn verführerisch an. Dann bestand also keine Notwendigkeit, noch länger auf der langweiligen Veranstaltung zu bleiben ... Bernard spürte, wie er von einer kleinen, geschmeidigen Hand genommen und an

Deck und weiter in Richtung Bug gezogen wurde. Die Musik aus den diversen Bars und Restaurants war hier kaum noch zu hören, und die sanfte nächtliche Brise umschmeichelte warm und salzig ihre Haut.

Da das Abendprogramm gerade erst begonnen hatte, war die Brücke verlassen. Plötzlich drückte sich Valérie ohne ein Wort an ihn, umklammerte seinen muskulösen Nacken und küsste ihn. Jeglicher Widerstand wäre zwecklos gewesen – um nicht zu sagen dumm! Ihr in Satin gehülltes Knie glitt zwischen seine zittrigen Beine und begann rhythmisch an seinem Schwanz zu reiben, der sich, seitdem er die Bar betreten und Valérie erblickt hatte, kaum noch bändigen ließ. Sie seufzte entzückt und murmelte:

»Je te veux.«

»Was machen wir da? Was soll ich sagen?« Was für idiotische Fragen! Er küsste sie, bis er keine Luft mehr bekam, und versuchte, sie in seine Kabine zu ziehen, doch vergebens. Sie schüttelte den Kopf und bedeutete ihm stattdessen, ihr zu folgen. Er gehorchte ihr wie ein braver Hund seinem Herrchen, um nicht zu sagen wie ein vernünftiger Kerl seinem lüsternen Schwanz.

Offenbar steuerte Valérie den Badebereich an. Er war um diese Uhrzeit geschlossen, und Bernard fragte sich, was sie vorhatte. Sie kramte ein großes Schlüsselbund aus ihrer Handtasche, öffnete so leise wie möglich die Tür und schob ihn sanft in den Raum mit den Whirlpools. Der gesamte vordere Bereich des Schiffes war um diese Zeit für den Publikumsverkehr geschlossen, sodass die beiden frisch Verliebten von niemandem gestört werden konnten. Bernard flüsterte ihr zu, dass er in seiner Kabine kalten Champagner bereitgestellt habe, doch Valérie steuerte unbeirrt den Rezeptionstresen an. Dort nahm sie einen weiteren Schlüsselbund vom Brett, öffnete eine Bürotür und kam nach ein paar Sekunden mit zwei Gläsern und einem Eiskübel zurück, in dem eine Flasche Champagner lag.

Sie ließ gekonnt den Korken knallen, füllte die beiden Gläser und verschwand noch einmal hinter dem Tresen. Plötzlich waren die Whirlpools aktiviert, und das heiße Wasser begann zu dampfen und zu sprudeln. Zu Bernards großer Freude drückte sie ihn sanft in einen Sessel und begann, ihren hinreißenden Körper vor seinen Augen hin- und herzuwiegen. Das durch die Fenster hereinfallende Mondlicht schien auf ihrem verführerischen Gewand zu tanzen. Eine ihrer Hände verschwand hinter ihrem Rücken, öffnete gekonnt das Satingewand, in dem ihr Körper steckte, und ließ es zu Boden fallen. Außer ihren Schuhen und dem seltsamen Medaillon trug sie jetzt nichts mehr am Leib. Sie drehte sich um, ließ Bernard ihren schön gebräunten Po bewundern und stieg langsam in den auf einmal sehr einladend wirkenden Whirlpool. Bernard schlüpfte schnell aus seiner Kleidung, achtete aber darauf, nicht zu hektisch zu werden. Was für ein Desaster, wenn er ausgerechnet in diesem Augenblick wie ein Trottel über seine Hose stolpern würde ... doch so ein Missgeschick wäre nur dem alten Bernard passiert!

Das Wasser war herrlich warm, doch anstatt ihn sofort eintauchen zu lassen, ließ Valérie ihn nur ein paar Stufen herunterkommen und bespritzte ihn mit ihren hübschen kleinen Händen am ganzen Körper mit Wasser. Er schloss die Augen und genoss das herrliche Gefühl. Plötzlich spürte er, wie sie erst ganz vorsichtig mit der Zunge die Spitze seines Schwanzes kitzelte und ihn dann komplett mit dem Mund umschloss. Gefangen in der köstlichen Wärme ihres Mundes, fühlte er, wie ihre Zunge ihn unermüdlich umkreiste. Am liebsten wäre er noch viel tiefer in ihren Mund eingedrungen, selbst auf die Gefahr hin, sie dabei zu ersticken. Doch das ließ sie nicht zu. Sie massierte mit der einen Hand seine Pobacken und ließ die andere zwischen seine Beine gleiten und umfasste seine prallen Hoden. Schließlich bespritzte sie ihn noch einmal mit Wasser und drehte ihn um. Als Erstes widmete sie sich dem oberen

Teil seiner Oberschenkel, dann arbeitete sich ihre Zunge hinauf bis zu seinem Rücken und wieder hinab bis zu seinen Pobacken und dazwischen … Seine Knie wurden so weich, dass er Mühe hatte, sich auf den Beinen zu halten.

Schließlich rutschte sie wieder vor ihn, und diesmal nahm sie seinen ganzen Penis tief in den Mund. Sie war eine wahre Künstlerin! Ihr Mund glitt langsam hoch und runter, immer wieder hoch und runter, wobei sie ihn mit den Lippen fest umschloss und mit ihrer weichen warmen Zunge liebkoste. Ihre schmalen, aber kräftigen Hände umklammerten seinen Hintern, und ihre Zähne übten gerade ausreichend Druck aus, ihn um den Verstand zu bringen und ihm kleine Lustschreie zu entlocken. Ohne ein Wort zu sagen, ließ er sich etliche Minuten lang auf diese Weise verwöhnen. Er wusste gar nicht, wie ihm geschah, so herrlich war es, was Valérie mit ihm anstellte, und er hatte nicht im Geringsten das Gefühl, die Dinge beschleunigen zu müssen.

Plötzlich spürte er, dass ihn irgendetwas an den Beinen kitzelte, doch da er voll und ganz dem Zauber von Valéries Mund erlegen war, kümmerte er sich zunächst nicht weiter darum. Sie massierte immer noch hingebungsvoll seinen Hintern und benetzte ihn von Zeit zu Zeit mit warmem Wasser aus dem Pool. Als sie für einen Augenblick innehielt, sah er, dass sie ein glänzendes Objekt ableckte. Er wusste sofort, was sie vorhatte … Sie spreizte vorsichtig mit der linken Hand seine Pobacken und führte mit der rechten behutsam etwas in ihn ein. Bei dem Objekt handelte es sich um den tränenförmigen Anhänger, und das unerwartete neue Gefühl ließ ihn beinahe auf der Stelle kommen. Sie wickelte die Kette um ihre Finger und führte den Anhänger noch tiefer in ihn ein. Dann ließ sie ihn rhythmisch rein- und rausgleiten, und zwar im Takt mit den Bewegungen ihres Mundes, der immer noch seinen Schwanz umschlungen hielt!

Bernard hatte jetzt so wacklige Knie, dass er jeden Moment

zusammenzusacken drohte. Außerdem war er so unglaublich erregt, dass er befürchtete, sich nicht länger beherrschen zu können, und einfach kommen würde wie der alte Bernard, und dann würde er vor Scham im Erdboden versinken … Also konzentrierte er sich und schaffte es tatsächlich, seinen Orgasmus zu stoppen, zumindest vorübergehend. Seine Hoden drohten zu explodieren, und sein ganzer Bauch war kurz davor, aus reiner Ekstase wie wild zu kontrahieren. So ein überwältigendes Gefühl hatte er bisher nicht einmal im Traum für möglich gehalten. Valéries Lippen bewegten sich jetzt so schnell und gekonnt, dass er ihr seinen Schwanz sofort entwenden musste, wenn er nicht in ihrem Mund kommen wollte. Ein andermal wäre das in Ordnung gewesen, aber jetzt wollte er unbedingt in sie eindringen, sie besitzen und sie dazu bringen, vor Freude zu jauchzen und sich zu winden, kurzum – ihr das geben, was sie ihm gegeben hatte.

Er stieg zu ihr hinunter ins Wasser und ließ sie auf einer der Stufen Platz nehmen. Eigentlich wollte er es ihr zunächst ebenfalls mit dem Mund besorgen, doch als sein erregter Schwanz das heiße Wasser berührte, merkte er, dass er SOFORT in sie eindringen wollte! Und genauso kam es. Als er tief in Valérie eingetaucht war, kam sie ein wenig hoch, sodass sie beide halb im Wasser trieben. Sie waren plötzlich schwerelos, und dieses seltene Erlebnis, kombiniert mit dem Gefühl, jeden Augenblick zu explodieren, war absolut sensationell. Valérie trieb auf dem Rücken, während Bernard auf dem Boden des flachen Beckens kniete und sich von den heißen Wasserperlen übersprudeln ließ. Er zog sie näher zu sich heran, damit er noch tiefer in sie eindringen konnte, und dann war es mit seiner Beherrschung endgültig vorbei, und er kam … Es schien gar nicht mehr aufzuhören; sein in ihren Tiefen versunkener Schwanz schien immer weiter in Valérie einzudringen, die vor Lust stöhnte und sich wand.

Sie war einverstanden, den Rest der Nacht mit ihm zu verbringen, und als Bernard am nächsten Morgen wach wurde, hatte er das vage Gefühl, sich unsterblich verliebt zu haben.

Sie ließ ihn drei lange Tage schmoren, bevor sie ihm wieder Beachtung schenkte. Während dieser Zeit schien sie ihm regelrecht aus dem Weg zu gehen ... Doch an dem Morgen, an dem sie an der kubanischen Küste anlegen und an Land gehen sollten, fand er zu seiner Überraschung eine kurze Nachricht auf seinem Nachttisch. Darin bat sie ihn, seine persönlichen Sachen und ein paar Kleidungsstücke zusammenzupacken und sie, sobald er das Schiff verlassen hatte, am Pier zu treffen. Bernard fragte sich, was sie wohl diesmal mit ihm vorhatte ... Die Möglichkeiten, die ihm spontan in den Sinn kamen, ließen in seiner leichten Baumwollhose sofort eine Beule entstehen. Die unglaubliche Nacht, die er mit Valérie verbracht hatte, war ihm noch allgegenwärtig.

Sie erwartete ihn in einem einfachen weißen Kleid und mit einer großen Leinentuchtasche, die sie sich über die Schulter gehängt hatte. Nachdem sie ihn mit einem Küsschen begrüßt hatte, nahm sie ihn bei der Hand und führte ihn auf eine luxuriöse Segeljacht, die direkt neben der »Sea Queen« lag. Dort eröffnete sie ihm, dass sie zu dritt – also Bernard, sie selbst und ihre Freundin Liana, die Eigentümerin der Jacht – nach Key West segeln würden und sie dafür Sorge tragen werde, dass ihm all seine Sachen, die er noch auf dem Kreuzfahrtschiff hatte, an jeden von ihm gewünschten Ort nachgesandt würden. »Ist das okay für dich?«, fragte sie mit ihrem französischen Akzent, als ob er eine andere Wahl gehabt hätte. Wie wenig sie ihn doch kannte.

Die drei verließen Kuba, noch bevor die anderen Passagiere der »Sea Queen« überhaupt einen Fuß an Land gesetzt hatten, und segelten über die warme türkise See Richtung Nordwesten. Ihr Boot war alles andere als eine billige Nussschale. Ganz im Gegenteil! Es war eine wahre Luxusjacht und mit allem ausgestattet, was man für eine lange Seereise brauchte. Auf dem Schiff fanden bequem sechs Menschen Platz. Bernard bekam schnell mit, dass Valérie eine hervorragende Seglerin war und ihre Freundin Liana eine höchst kompetente (und appetitliche) Kapitänin abgab. Doch er hatte nur Augen für Valérie, seine hübsche französische Freundin, die ihm durch gelegentliches verschmitztes Augenzwinkern und kleine Küsschen zu verstehen gab, dass er sich auf einen angenehmen Trip freuen durfte.

Liana war das genaue Gegenteil von Valérie. Sie war gebürtige Kubanerin und hatte tiefschwarzes Haar, das ihr bis zur Taille hinabfiel. Auch ihre Augen waren kohlrabenschwarz. Sie war klein und kurvenreich, und ihr Bikinioberteil vermochte ihre vollen, prallen Brüste kaum zu fassen. Ihre Hüften, die sie beim Gehen aufreizend hin und her schwang, waren wohlgerundet (wenn nicht sogar etwas breit), und ihre wohlgeformten Beine waren kräftig, aber immer noch schön anzusehen. Sie hatte eine glatte, feine Haut in der Farbe nassen Sandes und duftete nach reifen exotischen Früchten. Kurzum – Liana sah aus, als wäre sie gerade dem Paradies entstiegen, doch Bernard wagte es nicht, sich zu lange von ihrem Charme becircen zu lassen, denn er wollte seine geliebte Valérie auf keinen Fall vor den Kopf stoßen. Doch schließlich brachte sie das Thema selbst zur Sprache.

»Findest du meine Freundin schön?«

»Nicht so schön wie dich.«

»Ich finde sie sehr schön. Es ist okay, wenn du sie auch schön findest.«

»Okay, ich finde sie hübsch, aber sie ist ein ganz anderer Typ als du.«

Inzwischen war kein Land mehr in Sicht. Sie fühlten sich, als wären sie allein auf der Welt, verloren in einem endlosen Universum aus türkisem Wasser, Sonne und Meer. Bernard schwamm buchstäblich im Glück und hoffte von ganzem Herzen, dass die gute Fee ihn nicht ausgerechnet während dieses Abenteuers in die jämmerliche Gestalt zurückverwandelte, die er einst gewesen war. Doch zum Glück war er weise genug, sich nicht von düsteren Gedanken herunterziehen zu lassen, und konzentrierte sich stattdessen auf das Hier und Jetzt: Er segelte glückselig mit dem Mädchen seiner Träume durch die Karibik und einer zweiten Frau, bei deren Anblick ihm zusehends das Wasser im Munde zusammenlief ... Warum sollte er sich also mit Sorgen herumquälen und nicht jeden dieser kostbaren Augenblicke genießen, wenn sich vor ihm seine Traumfrau nahezu unbekleidet herumräkelte und ihm gekühltes Bier reichte, ihn mit heißen Küssen verwöhnte und ihm ständig stumme, aber unmissverständliche Versprechungen machte?

Um die Mittagszeit warf die Bootsführerin den Anker, und sie beschlossen, in dem herrlichen klaren Wasser ein gemeinsames Bad zu nehmen. Sie lachten und freuten sich wie ausgelassene Kinder, als sie sich nackt auszogen und in das warme Meer sprangen. Neben ihnen glitten Fische in den schillerndsten Farben vorbei. Nachdem sie eine Weile gestaunt hatten, schwamm Valérie zu Bernard hinüber. Offenbar hatte sie etwas auf dem Herzen.

»Sei mir bitte nicht böse«, begann sie schüchtern. »Es ist nur so, dass ich Liana schon so lange nicht gesehen habe ...«

Ohne ein weiteres Wort wandte sie sich wieder von ihm ab und schwamm zu ihrer Freundin. Die beiden begannen herumzubalgen, sich mit Wasser zu bespritzen und zu zwicken, und dabei lachten sie aus vollem Halse. Nach einer Weile fielen sie sich in die Arme und küssten sich, und zwar leidenschaftlich! Valérie schien Liana förmlich auszusaugen. Sie umarmten sich immer heftiger und liebkosten sich immer intensiver ...

Bernard glaubte seinen Augen nicht zu trauen. Er musste gestorben und im Himmel gelandet sein, eine andere Erklärung gab es nicht. Er war unglaublich erregt. Durch das glasklare Wasser sah er, wie sein Schwanz auf die unerwartete, aber höchst willkommene Wendung der Ereignisse reagierte. Er wagte es nicht, sich den beiden zu nähern, denn er wollte ihr Liebesspiel nicht unterbrechen und auf keinen Fall den Zauber der Situation zerstören. Die beiden Traumfrauen schwammen jetzt zum Boot und versuchten, sich gegenseitig neckend, eine Sprosse der Leiter zu erwischen. Valérie schien in der Tat einen Hang zum Wasser zu haben!

Liana hielt sich jetzt an der Leiter fest, und Valérie umklammerte das Seil und rieb vorsichtig ihre kleinen festen Brüste an dem deutlich größeren Busen ihrer Freundin. Gleichzeitig ließen sie ihre aneinander gepressten Hüften kreisen, als ob sie einen wilden Walzer tanzten. Bernard war kurz davor, den Verstand zu verlieren. Sie küssten sich immer leidenschaftlicher, und da, wo sie sich neckisch bissen, hinterließen ihre Zähne kleine Abdrücke auf ihrer gebräunten Haut. Zwei derart in einem unglaublichen Liebesspiel aneinander gepresste Busenpaare zu beobachten, zudem noch mit steif aufgerichteten Nippeln, war für Bernard endgültig zu viel. Er musste schleunigst seine Position wechseln und einen Platz zum Hinsetzen finden oder zumindest etwas, woran er sich festhalten konnte – ansonsten drohte er auf der Stelle zu ertrinken. Er vergaß beinahe das Atmen. In seiner Not schwamm er auf die beiden Freundinnen zu, die seine Zwangslage sofort erkannten. Valérie strahlte ihn liebevoll an und gab Liana durch ein Zeichen zu verstehen, dass sie zurück an Bord klettern solle. Bevor sie sich nach oben hangelte, drehte sie sich um, damit Valérie ihr noch einmal über den Busen streichen konnte.

Doch sie hatte gerade mal drei Sprossen erklommen, als Valérie nach ihr griff und sie wieder nach unten zog. Liana schien genau zu wissen, was ihre Freundin vorhatte. Sie spreizte ihr eines Bein ab und senkte ihren breiten Po ein wenig, damit Valérie besser an sie herankam. Diese vergrub umgehend ihr Gesicht zwischen Lianas zarten braunen Schenkeln und begann sie mit ihrer gierigen kleinen Zunge wie wild zu lecken. Das war nun wirklich zu viel für Bernard! Er drückte sich von hinten an Valérie und hatte nur eins im Sinn: ihr seinen steinharten Liebesknochen unverzüglich hineinzurammen. Irgendjemand musste ihr schließlich klarmachen, was für Konsequenzen so eine Darbietung direkt vor seinen Augen hatte … Doch Valérie war schneller. Sie krabbelte flink hinter Liana die Leiter hoch und ließ ihn keuchend und Wasser tretend mit einem Schwanz kurz vor dem Explodieren zurück. Doch der spektakuläre Anblick der beiden über ihm an Bord kletternden unvergleichlichen Frauenhintern ließ seinen Verstand schlagartig zurückkehren, und er beeilte sich, die beiden einzuholen.

Liana hatte sich auf Valérie geworfen, die äußerst willig zu sein schien, und lag der Länge nach auf ihr. Die beiden umarmten sich stürmisch und wälzten sich eng aneinander gepresst hin und her. Ihre Unterleiber schienen eins zu werden … Lianas üppiger Busen drohte die viel kleineren Brüste von Valérie förmlich zu zerdrücken. Nach einer Weile richtete Liana sich auf, befreite die köstlichen kleinen Früchte ihrer Freundin von ihrer Last und saugte und leckte an ihnen. Dann richtete sie sich noch ein bisschen weiter auf, spreizte Valéries Oberschenkel und fuhr neckisch mit ihrer Zunge an ihnen hinab. Nach ein paar Minuten legte sie sich erneut auf Valérie und ließ ihre Beine, Zungen und nassen Haare miteinander verschmelzen. »Was für ein göttlicher Kontrast von Haut und Farbe!«, staunte Bernard, der Ekstase nahe.

Genau diesen ekstatischen Moment wählte Valérie, um ihn herbeizuwinken, gestattete ihm jedoch nicht, sie zu berühren oder zu streicheln. Liana spreizte mit ihren schwarzen Fingern die rosigen Schamlippen ihrer Freundin und setzte ihre rasierte Möse den heißen Sonnenstrahlen aus. Bernard war wie von Sinnen. Valéries Klitoris klopfte vor Erregung und war stark angeschwollen. Liana begann sie wie wild zu lecken und drehte dabei bewusst den Kopf ein wenig zur Seite, damit Bernard nichts entging. Sie setzte ihr Zungenspiel noch eine Weile fort und ließ schließlich ihre geschickten Finger tief in Valéries Möse verschwinden. Valérie konnte nicht mehr an sich halten. Sie zitterte und bebte am ganzen Körper und kam beinahe sofort. Im Rausch flüsterte sie die Namen ihrer beiden Liebsten: Bernard und Liana. Bernard konnte seinen Blick nicht mehr von Valéries tropfnasser, ungehemmt kontrahierender Möse abwenden, die er am liebsten sofort selbst vernaschen wollte ... Doch die beiden Frauen ließen ihn immer noch nicht ran.

Seine Frustration wuchs im gleichen Tempo wie seine Erregung, doch sie ließen ihn weiterhin zappeln. Valérie hockte sich auf die Knie und zog Liana zu sich heran. Sie küssten sich mit einer unstillbaren Leidenschaft und rieben erneut ihre Brüste aneinander. Mit ihren schlanken Fingern erkundete Valérie jetzt die feuchten, vor Erregung glitzernden Lippen zwischen Lianas Beinen. Diese stand plötzlich auf und ließ sich auf einer in der Ecke liegenden zusammengerollten Matratze nieder. Valérie folgte ihr wie ein braves kleines Kätzchen, kniete sich hin und kostete von der dunklen Feuchtigkeit zwischen den Beinen ihrer Gespielin.

Bernard war durch nichts mehr zu halten. Es gab endgültig kein Zurück mehr. Ein Blick auf Valéries aufreizend gespreizte Pobacken direkt vor seiner Nase genügte, und er musste seinem Schwanz nicht zweimal sagen, dass es höchste Zeit war für einen Sturmangriff. Er vergewisserte sich schnell mit dem Finger, dass sie immer noch gut geölt und für die geplante Attacke bereit war. Dann setzte er wie ein Stier, der auf den Matador losstürmt, zum Angriff an und stieß mit aller Kraft in sie hinein. Er hörte, wie ihren Lippen, die sich an Lianas Möse festgesaugt hatten, ein flehendes Stöhnen entfuhr. Was sich vor seinen Augen abspielte, war einfach unglaublich: Er selbst vögelte die blonde Valérie von hinten, und seine blonde Gespielin leckte ihre brünette Freundin ... Zuerst rammelte er sie mit einer schier unglaublichen Heftigkeit und Brutalität, doch dann entschied er sich, das Vergnügen lieber so lange wie möglich auszukosten, und drosselte das Tempo seiner Stöße.

Valérie bedeutete ihm, beim Stoßen an ihr vorbeizusehen, damit er einen Blick auf Lianas weit geöffnete Möse werfen konnte. Sie glänzte vor Nässe. Valérie liebkoste, zwickte und leckte die braunen Brüste ihrer Freundin und widmete sich dann erneut der Region zwischen ihren Beinen. Der Anblick ihrer sonnengebräunten Finger auf Lianas dunkel glänzender Vulva ließ Bernard einen Schauer der Erregung über den Rücken fahren. Er durfte sein Tempo auf keinen Fall erhöhen oder sich selbst berühren, sonst würde er auf der Stelle explodieren. Inzwischen liebkosten gleich zwei Paar zärtliche Hände den anmutigen Körper der Kubanerin. Valéries Hände streichelten ihren Busen und ihre Haare, während sie selbst ihre Finger sanft über ihren Bauch und ihre Oberschenkel gleiten ließ. Bernard zog seinen Schwanz für einen Augenblick aus Valérie und fixierte, vor Erregung beinahe platzend, die beiden glänzenden Mösen vor seinen Augen. Auf einmal wusste er, was er sich auf keinen Fall entgehen lassen durfte: Er musste sie beide einmal kosten und herausfinden, ob sie unterschiedlich schmeckten.

Er drang mit der Zunge in Valérie ein und ließ sie gierig kreisen. Valérie stöhnte und griff zwischen Lianas feuchte, heiße Schenkel. Daraufhin ließ Liana ihrerseits ihre langen dunklen Finger in Valérie verschwinden. In dem sicheren Wissen, dass seine Geliebte in guten Händen war, drängte Bernard seinen Kopf zwischen Lianas Schenkel. Sie schmeckte geheimnisvoller und lieblicher als Valérie und erinnerte ihn an ein exotisches Gewürz. Plötzlich stand Valérie der Sinn danach, ihren unersättlichen Liebhaber auf den Rücken zu legen und ihn rücklings zu besteigen. Sie legte sich auf seinen Oberkörper und nahm seinen Schwanz in den Mund. Liana stand auf und kniete sich über sein Gesicht. Während sie die Säfte ihres

Orgasmus auf ihn herabtropfen ließ, drang sie wie von Sinnen mit einem Finger in Valéries Möse ein. Bernard glaubte einen Moment lang, vor Erregung zu sterben, bis Valérie ihn erlöste und sich erhob. Sie bedeutete Liana, sich vor ihr hinzulegen, und kostete nun selbst noch einmal von dem köstlichen Saft zwischen den Beinen ihrer Freundin. Während sie sich hinkniete und sich zu Liana hinabbeugte, streckte sie dem vollkommen benommenen Bernard erneut ihren Po entgegen. Er verstand ihre Einladung sofort und drang stürmisch in sie ein. Auf seiner Zunge haftete immer noch der herrlich fruchtige Geschmack von Liana. Er versuchte ein weiteres Mal, sich zu beherrschen und den Genuss hinauszuzögern, doch dies Mal ging nichts mehr … Seine Bauchmuskeln spielten nicht mehr mit und begannen, wie wild zu kontrahieren. Sie verlangten dringend nach Erlösung und bekamen sie in Form des gewaltigsten Orgasmus, den er je in seinem Leben gehabt hatte. Doch auch in diesem Augenblick versuchte er, den Höhepunkt so lange wie möglich zu halten …

Mitten in seinem Rauschzustand wurde ihm plötzlich bewusst, dass er in den nächsten Tagen vermutlich noch mehrere erotische Abenteuer dieser Art erleben würde. Bei dieser Aussicht stockte ihm der Atem, und seine Willenskraft verließ ihn endgültig. Sein Hirn streikte, und er war nur noch ein hilfloser Sklave seines Schwanzes und seiner Eier. Er wusste, dass er den Kampf verloren hatte. Er ließ los und explodierte, doch auf einmal machte es …

PLATSCH!!!

Er fand sich im Wasser wieder, und zwar in einem Swimmingpool. Als Erstes spürte er seine schmerzhafte Erektion. Er schluckte eine Unmenge Wasser. Das Chlor brannte ihm in der Kehle und stieg ihm in die Nase, und er musste würgen. Als sein spärlich behaarter Kopf endlich über der Wasseroberfläche auftauchte, stellte er mit Entsetzen fest, dass er einen schlimmen Sonnenbrand hatte. Die gesamte Vorderseite seines schwabbeligen Körpers war knallrot. Außerdem zwickte ihn seine zu enge Badehose am Bauch und an den verbrannten Oberschenkeln.

Erst in diesem Augenblick wurde ihm die traurige Realität bewusst. Die Bande von Idioten, die er seine Freunde nannte, umringte ihn im Wasser und lachte sich halb tot.

»Wovon hast du denn gerade geträumt, Alter?«, brüllte Gerry, der größte Schwachkopf von allen. »Du hattest gerade die Erektion deines Lebens! Da war tatsächlich eine kleine Beule in deiner Hose zu sehen!«

# *Eine Frau im Glücksrausch*

Alex redete sich wieder einmal bei Peter den Kummer von der Seele, einem guten Freund und gelegentlichen Liebhaber. Er hörte sich ihre Leidensgeschichte in aller Ruhe an und ließ sie sich an seiner starken Schulter ausweinen.

»Mach dir keine Sorgen, Alex«, tröstete er sie. »Auch du wirst eines Tages mit Weisheit gesegnet werden … Du hast wirklich nichts Falsches getan. Du bist eben nur wieder mal mit geschlossenen Augen in eine dumme Situation hineingestolpert …«

Die Situation, um die es ging, war die unerträglichste, in die Alex sich je hineinmanövriert hatte. Im Laufe ihres eher unbeständigen Liebeslebens hatte es ein paar einigermaßen glückliche Beziehungen gegeben, aber einige waren auch absolut frustrierend und niederschmetternd gewesen. Ein paar ihrer Abenteuer waren im wahrsten Sinne spektakulär gewesen, doch dieses letzte schoss den Vogel ab.

Peter und Alex waren schon seit dem Beginn ihres Studiums gute Freunde. Er war einer der Ersten gewesen, der von ihrer Verlobung erfahren hatte, er hatte sich auf ihrer Hochzeit mit ihr gefreut, und fünfzehn Jahre später, als sie sich hatte scheiden lassen, war er für sie da gewesen, um sie zu trösten. Außerdem hatte Peter ihre massive »Identitätskrise« miterlebt, die sie an ihrem vierzigsten Geburtstag überkommen hatte. Etwa um diese Zeit herum – das war inzwischen schon drei Jahre her – war aus ihrer Freundschaft eine Liebesbeziehung geworden. Es war natürlich nichts Ernstes. Sie waren eben einfach zwei gute Freunde, die auch im Bett ganz gut miteinander klarkamen und die wussten, wie angenehm es war, sich in schweren Zeiten gegenseitig Trost zu spenden.

Was Alex' Ehe und spätere Scheidung anbelangte, war es ihr genauso ergangen wie vielen anderen Paaren auch. Sie war schon auf der Highschool und während ihres Studiums mit Jerome gegangen, und als sie beide ihre Abschlüsse in der Tasche gehabt hatten, hatten sie geheiratet und ein ruhiges und zurückgezogenes Leben in einer Vorstadt geführt. Und dann hatte es plötzlich gekracht! Ihr Mann hatte sich in eine sechzehn Jahre jüngere Kollegin verguckt und es seiner Ehefrau übel genommen, dass sie nicht die junge Studentin geblieben war, in die er sich einst verliebt hatte. Das war ihm Grund genug gewesen, von einem Tag auf den anderen auszuziehen und sie durch die Jüngere zu ersetzen.

Sie hatte alles Erdenkliche versucht, ihn zur Vernunft zu bringen. Sie hatte vorgeschlagen, zur Eheberatung zu gehen, und Jerome sogar gestattet, eine gewisse Zeit mit »der anderen Frau« zu verbringen, damit er in Ruhe das Für und Wider abwägen konnte. Doch ihre Mühe war vergebens. Er hatte seine Entscheidung getroffen und wollte die Scheidung so schnell wie möglich. Seine neue Flamme fand es angeblich nicht rechtens, sich mit einem verheirateten Mann einzulassen ... »Elende Heuchlerin!«, hatte Alex geflucht. »Warum lässt sie nicht gleich die Finger von verheirateten Männern?« Vermutlich, so schlussfolgerte Alex, war das Hirn dieser Frau einfach zu klein, um sich gewisse Prinzipien zu Eigen zu machen und danach zu leben.

Bis ihre Scheidung amtlich war, erging sich Alex in Selbstmitleid und brütete über trüben Gedanken. Sie hatte Angst, alt zu werden und nicht mehr attraktiv zu sein. Kurzum – ihr

Selbstwertgefühl war auf dem Nullpunkt. Was wäre bloß aus ihr geworden, wenn Natalie nicht gewesen wäre? Sie war dieser geschätzten Freundin für den Rest ihres Lebens zu Dankbarkeit verpflichtet. Natalie hatte sich ein Bein ausgerissen, um Alex aus ihrem Tief herauszuholen. Ihre ultimative Therapie hatte unter anderem darin bestanden, mit ihrer frustrierten Freundin diverse Ausflüge in die Stadt zu unternehmen. Sie hatten die Boutiquen leer gekauft, sich Besuche beim Friseur und bei der Kosmetikerin gegönnt und sich in sämtlichen gerade angesagten Bars herumgetrieben, damit Alex endlich begriff, welche Wirkung sie immer noch auf Männer hatte. Alles in allem waren die Ergebnisse recht ermutigend ausgefallen ... Sie hatte zwar weder einen Seelenverwandten noch die Liebe ihres Lebens kennen gelernt – so etwas hatte sie sowieso noch nie erlebt –, doch an jedem dieser Abende hatten irgendwelche Männer von Anfang bis Ende mit ihr geflirtet, und sie hatte jeden Augenblick genossen. Sollte dieser Mistkerl von Jerome doch zum Teufel gehen! Eines Morgens hatte sie den festen Entschluss gefasst, von nun an jede ihrer Fantasien auszuleben und die Augen offen zu halten und sich auf jede potenzielle Affäre einzulassen, die sich ergeben sollte ... Schließlich hatte sie es verdient, sich endlich mal ein bisschen Spaß zu gönnen.

Einen Haken hatte die Sache allerdings: Keiner der zahlreichen brünstigen Männer schaffte es, sie auch nur im Geringsten anzutörnen ... »Warte einfach ab!«, riet Natalie ihr immer wieder. »Wenn du am wenigsten damit rechnest, passiert es!« Und sie sollte tatsächlich Recht behalten. Es dauerte zwar ein paar Jahre, doch dann passierte wirklich etwas – allerdings nicht unbedingt das, was Alex erwartet hatte ...

Es war zu Beginn des neuen Collegejahres – genauer gesagt am ersten Tag –, als Sebastian ihr zum ersten Mal auffiel. Er hatte plötzlich einfach vor ihr gestanden und sie mit seinen schulterlangen blonden Locken an einen griechischen Gott erinnert. Er war groß und schlank und hatte faszinierende grüne Augen, in denen winzige goldene Sprenkel schimmerten. Eigentlich sah er aus wie ein Model oder ein Filmstar – oder zumindest wie ein Footballspieler. Doch er hatte eine Eigenschaft, die bei derart gut aussehenden Menschen nur selten anzutreffen war, das glaubte zumindest Alex: Er war hinreißend schüchtern und wurde jedes Mal rot wie eine Tomate, wenn man ihn ansprach. Normalerweise hatte Alex keine besondere Vorliebe für allzu gut aussehende Männer, doch beim Anblick von Sebastian stockte ihr der Atem, und sie hatte Schmetterlinge im Bauch. Er hatte irgendetwas an sich, das sie vollkommen durcheinander brachte, dabei war sie eigentlich die Konzentration in Person! Wirklich erstaunlich! Bei ihrer ersten Begegnung hätte sie alles gegeben, um einmal über diese wunderschönen blonden Locken streichen zu dürfen. Noch heute konnte sie sich genau erinnern, wie er auf ihr Starren reagiert hatte: Er war vollkommen unfähig gewesen, ihren Blick zu erwidern, hatte sie scheu von der Seite angelächelt und kein Wort herausgebracht – als ob er seine Zunge verschluckt hätte, was ja wirklich schade gewesen wäre …

Im ersten Moment war ihr die Aussicht auf eine Affäre mit Sebastian wie ein Geschenk des Himmels erschienen. Es war, als würde tatsächlich in Erfüllung gehen, wovon alle Frauen träumen: beiderseitige Liebe auf den ersten Blick – oder etwas, was dem sehr nahe kam – und eine Leidenschaft, die nur durch einen einzigen auslösenden Funken geweckt werden musste und jeden Widerstand unmöglich machte. So kann es einem gehen! Alex spürte in ihrem tiefsten Inneren, dass sie auf genau diese Situation gewartet hatte, aber sie war sich auch einer anderen Tatsache bewusst: Sie, die ihren Ehemann für sein pubertäres Verhalten gnadenlos verurteilt hatte, war drauf und dran, das Gleiche zu tun. Wie hatte sie sich über Jerome lustig gemacht! Dabei war sie selbst noch viel schlimmer! Sebastian war nämlich nicht etwa ein neuer Dozent oder ein junger Lehrbeauftragter, das wäre ja noch gegangen. Er war einer ihrer Studenten auf dem College, an dem sie unterrichtete, und gerade mal zwanzig Jahre alt! »Alex, altes Haus, schlag dir auf der Stelle deine lüsternen Gedanken aus dem Kopf!«, ermahnte sie sich selbst in aller Strenge. Für eine Weile gelang ihr das auch, und sie war schon fast sicher, dass sie sich wieder unter Kontrolle hatte. Doch lange sollte dieser Zustand nicht währen …

Während der folgenden zwei Wochen ertappte sie sich immer wieder, wie sie mit schlechtem Gewissen versuchte, Sebastian in einem der Gänge oder auf dem Campusgelände zu begegnen. Außerdem wurde sie von sündigen Fantasien geplagt (sie sah ihn zum Beispiel nackt in ihrem Bett, wie er kam und sich dabei vor Erregung die Lunge aus dem Leib schrie …).

Während ihrer Vorlesungen konnte sie sich nicht mehr konzentrieren und vergaß, wo sie gerade stehen geblieben war. Im Übrigen interessierte die Bande von Ignoranten, denen sie etwas beibringen sollte, sie plötzlich nicht mehr die Bohne. Ein derart unprofessionelles Verhalten passte eigentlich gar nicht zu ihr, doch in diesen Tagen unterminierten ihre Gelüste unweigerlich ihre Selbstdisziplin. Wenn ihr junger Gott sie gelegentlich von oben bis unten taxierte, war sie sicher, dass ihr Interesse gegenseitiger Natur war. Sie hätte alles dafür gegeben, seine Hände auf ihrem Körper zu spüren, der ihr in dieser Zeit eine Menge ambivalente Gefühle bescherte …

Sie konnte doch unmöglich etwas mit einem Studenten anfangen! Alex nahm ihren Lehrauftrag sehr ernst. Ihr Job war gleichzeitig ihre Berufung, und genauso musste es ihrer Meinung nach auch sein.

Eines Nachmittags traf sie Peter in der Cafeteria.

»Wie geht es dir?«, erkundigte er sich. »Du wirkst irgendwie anders in letzter Zeit.«

»Mit mir ist alles okay. Ich bin nur ein bisschen müde, das ist alles.«

»Arbeitest du zu viel?«

»Nein, nein. Ich bin nur etwas durcheinander und habe wenig geschlafen und nicht genug gegessen. Aber es ist nichts Ernstes.«

»Du bist doch nicht etwa krank, oder?«

Peter musterte sie besorgt.

»Nein. Ich bin ein bisschen durch den Wind, mehr nicht.«

Er schwieg einen Augenblick, überlegte und grinste sie nach einer Weile verschmitzt an.

»Hm«, wandte er sich erneut an seine alte Freundin. »Kann es sein, dass ein Mann dahinter steckt?«

»Wie kommst du denn darauf?«

Ihre Antwort hatte unbeabsichtigt ein wenig gereizt geklungen, und dann wurde sie auch noch rot.

»Wenn ich mal ein bisschen durcheinander bin, hat das noch lange nichts mit einem Mann zu tun!«, platzte sie plötzlich heraus. »Was ist nur los mit dir? Du bist furchtbar egozentrisch! Wenn eine Frau ausnahmsweise mal nicht die Ruhe und die Ausgeglichenheit in Person ist, muss deiner Meinung nach wohl unweigerlich ein Mann die Ursache sein, nicht wahr?«

»Hey, hey, ist ja gut. Entspann dich! Ich lasse dich jetzt wohl besser allein. Sobald du dich wieder beruhigt hast, können wir uns ja mal unterhalten. Bis demnächst, Alex!«

»Peter! Warte!«

Doch er steuerte bereits auf eine Gruppe von Dozenten zu, denen Alex im Moment lieber aus dem Weg ging. Also musste sie sich später bei ihm entschuldigen.

Am Nachmittag fand sie ihn schließlich in seinem Büro und betrat verlegen den Raum.

»Es tut mir Leid«, begann sie leise. »Ich bin ein einziges Nervenbündel.«

»Was ist denn los mit dir? Ich koche uns einen Kaffee. Bis zu meiner nächsten Vorlesung habe ich sowieso noch ein bisschen Zeit totzuschlagen.«

»Okay.«

Eigentlich hatte sie gar nicht vorgehabt, ihn mit ihren zweifelhaften Sorgen zu behelligen; schließlich schämte sie sich auch so schon genug. War sie etwa im Begriff, in die Fußstapfen einiger ihrer männlichen Kollegen zu treten, die sich gern mal eine riskante Affäre gönnten? Diese Kollegen waren für sie immer »geile alte Ferkel« gewesen. Doch wie schon so manches Mal hatte sie Peters Feingefühl und Gespür unterschätzt. Er wusste ganz genau, dass sie am Vormittag nur deshalb ausgerastet war, weil er den Nagel auf den Kopf getroffen hatte, und jetzt brannte er vor Neugier. Alex fasste sich ein Herz und erzählte ihm die ganze Geschichte. Als sie fertig war, herrschte Schweigen, und sie wagte nicht, Peter anzusehen, weil sie Angst hatte, auf der Stelle von ihm verdammt und abgeurteilt zu werden. Nach einer Weile, die ihr wie eine Ewigkeit vorkam, hob er ihr Kinn und lächelte sie fragend an.

»Und was willst du jetzt tun?«

»Nichts! Absolut gar nichts! Ich bin doppelt so alt wie er. So etwas ist doch undenkbar! Stell dir bitte mal vor, wie unsere lieben Kollegen über mich reden würden!«

»Wahrscheinlich würden sie sagen, dass du es verstehst, dein Leben zu genießen, und dass du dich einen Teufel darum scherst, was andere Leute denken! Wenn du meine Meinung hören willst, passt diese Einstellung auch viel eher zu der Alex, die ich kenne. Und wenn es dich so sehr stört, wie andere womöglich über dich reden, behältst du deine Affäre einfach für dich.«

»Du bist wohl des Wahnsinns! Ich bin alt genug, um seine Mutter zu sein! Und was hätte ich am Ende gewonnen? Früher oder später wird er sowieso eine andere Frau kennen lernen und mich fallen lassen. Soll ich mir diese Qual wirklich antun?«

»Wie kommst du überhaupt darauf, dass er keine ernsthafte Beziehung mit dir eingehen will, wenn du ihn erst einmal mit deinem Charme und deinem scharfsinnigen Verstand erobert hast?«

»Wovon träumst du nachts, lieber Peter? Glaub mir, ich weiß genau, wie solche Geschichten ausgehen ... Trotzdem werde ich diesem Jüngling verfallen sein, bis ich irgendeinen Weg gefunden habe, meine Gefühle auszuleben ...«

»Was hält dich dann noch zurück? Was hast du schon zu verlieren?«

»Meinen Ruf vielleicht?«

»Welchen Ruf meinst du? Den, dass du nachts allein zu Hause liegst und nach einem jungen Männerkörper schmachtest?«

Alex hatte nicht übel Lust, ihm eine runterzuhauen. Warum stand sie nicht einfach auf und knallte ihm eine? Vermutlich war es das naive Lächeln auf seinem liebenswerten Gesicht. Und vielleicht hatte er ja gar nicht so Unrecht! Was hatte sie denn schon zu verlieren?

Am nächsten Morgen ließ sie Sebastian nicht aus den Augen und lächelte ihn immer wieder freundlich an. Mit dieser Taktik wollte sie es eine Weile versuchen und sehen, ob er ihr Avancen machte. Sich eine Beziehung zu einem Mann vorzustellen, der fast noch ein kleiner Junge war, war eine Sache, aber ihn tatsächlich dazu zu bringen, den hingehaltenen Köder zu schlucken, dazu gehörte schon etwas mehr ...

Dieses Spiel ging ungefähr zwei Wochen so weiter, doch es gab ein paar viel versprechende Wendungen. Er kam jetzt nach jeder Unterrichtsstunde zu ihr, um sich mit ihr zu unterhalten. Meistens redeten sie über Themen, die ihren Kurs betrafen, aber nebenbei erzählte er ihr auch ein paar persönliche Dinge. Sie wusste jetzt zum Beispiel, dass er Al Pacino verehrte und Schwimmen sein Hobby war (daher also dieser göttliche Körper ...), dass er sein Training jedoch wegen einer komplizierten Beinverletzung an den Nagel hatte hängen müssen.

Alles in allem ging es definitiv voran, wenn auch im Schneckentempo. Hauptsache, es ging überhaupt voran. Die ganze Situation brachte sie jedoch immer mehr aus der Fassung, und ihre Träume wurden immer perverser. Sie stellte sich vor, wie er jeden Tag lasziv auf dem Bett ausgestreckt und nur mit locker sitzenden Seidenshorts bekleidet in ihrem Haus auf sie wartete. Und dann ging es natürlich weiter ... Sie streichelten sich und wagten sich mit jeder Liebkosung weiter vor, bis sie geradezu akrobatische Positionen einnahmen. In jedem ihrer Träume schwebte sie mit Sebastian im siebten Himmel; er stimulierte ihre Sinne, bis ihr schwindlig wurde, wirbelte sie auf seinem übergroßen Penis herum und bescherte ihr einen Orgasmus nach dem anderen. Danach wachte sie jedes Mal schweißgebadet auf. Am schlimmsten war, dass ihre wilden Träume sie nicht mehr ausschließlich nachts überkamen. Manchmal ertappte sie sich, wie sie während eines Seminars einen der seltenen Momente abpasste, in denen ihre Studenten sich gerade still mit etwas beschäftigten, und sich neue akrobatische Positionen vorstellte, die sie mit ihrem jungen Liebhaber ausprobieren könnte. Wenn sie abends nach Hause kam, masturbierte sie langsam und genüsslich und stellte sich dabei detailliert vor, wie sie es miteinander trieben. In ihrer Fantasie sah er ihr schüchtern ein wenig zu, wie sie sich rieb und streichelte, doch ziemlich schnell war auch er so erregt, dass er seine Schüchternheit vergaß und zu ihr kam und in sie eindrang ...

An einem herrlichen Herbsttag, an dem sie zu Mittag mit Peter ein schnelles Sandwich gegessen hatte, beschloss Alex, die Sonne zu genießen und ihre Prüfungsarbeiten draußen zu korrigieren (und für den Fall des Falles für ihre Studenten da zu sein ...). Sie machte es sich auf einer Bank bequem und merkte, bevor sie überhaupt richtig angefangen hatte, dass sie sich auf keinen einzigen Satz konzentrieren konnte. Also schloss sie die Augen und ließ ihren Gedanken freien Lauf. Aus der kühlen Brise, die durch ihr Haar strich, wurde ein kräftig blasender Wind. Sie war mit Sebastian an einem Strand in Neuengland, und sie gingen Hand in Hand am Wasser entlang. Nach ein paar gierigen Küssen führte er sie zu einem der imposanten viktorianischen Herrenhäuser, die die Küste säumten. Das Haus war ganz in Pink und Blau gehalten, ein wahrer Traum ... Sie liebten sich in einem herrlich beleuchteten Schlafzimmer auf einem riesigen Messingbett mit bestickter Bettwäsche. Über sich hörten sie dicke Regentropfen aufs Dach prasseln ... Er ließ seine Hände sanft über ihren Körper wandern, hob ihre Hüften, als wäre sie leicht wie eine Feder, und drang behutsam in sie ein. Bevor er zuzustoßen begann, fixierte er sie noch einmal mit seinen durchdringenden grünen Augen. Er ließ es zunächst ganz langsam angehen, doch dann stieß er immer heftiger zu, bis sie schließlich ein derart höllisches Tempo erreichten, dass das massive Bett auf die Mitte des Raums zuholperte ...

»Hallo!«

Alex fuhr zusammen, als hätte sie jemand mit einer Nadel gestochen. Sie spürte, wie Adrenalin durch ihren Körper schoss und ihr Herz für ein paar Sekunden zum Jagen brachte. Direkt vor ihr stand das Objekt ihrer Begierde und sah blendender aus denn je.

»Hal-hallo!«, stammelte sie.

»Darf ich mich setzen?«

»Selbstverständlich. Haben Sie schon frei?«

»Ja, bis morgen Nachmittag.«

»Ist es nicht herrlich hier draußen?«

Plötzlich schien ihm etwas einzufallen. Er strahlte sie an und fragte:

»Fahren Sie gern Fahrrad?«

»Ja, im Prinzip schon. Warum?«

»Ich weiß ja, Sie haben noch eine Vorlesung zu halten. Aber vielleicht könnten wir später ...« Auf einmal wurde er wieder rot wie ein pubertierender Junge und begann zu stammeln. »Vielleicht könnten wir uns nachher treffen und gemeinsam am Fluss entlangfahren. War ja nur so eine Idee … Ich wollte sowieso eine kleine Radtour machen, aber wenn Sie, äh, wenn Sie mir Gesellschaft leisten würden, wäre das natürlich toll …«

Alex stellte erfreut fest, dass er offenbar ihren Stundenplan kannte.

»Eine tolle Idee! Ich bin zwar nicht topfit, aber wenn Sie mir versprechen, nicht zu schnell zu fahren …«

»Ich will doch kein Wettrennen veranstalten!«

So einfach war das … Die Gelegenheit, die sie seit Wochen herbeigesehnt und auf die sie schon kaum noch zu hoffen gewagt hatte, war plötzlich ganz von allein gekommen. Eine schlichte Einladung, ein schlichtes Ja, mehr nicht! Sie trafen sich um vier Uhr auf der Brücke, die zu der kleinen Insel in der Mitte des Flusses führte. Um die Insel schlängelte sich ein etwa zwanzig Kilometer langer Fahrradweg. Am späten Nachmittag wirkte die Landschaft besonders schön, und es war weit und breit kein Mensch zu sehen. Die Insel war ziemlich hügelig und bewaldet, und einige Blätter leuchteten bereits in den warmen schillernden Herbstfarben. Sie radelten langsam nebeneinander her und plauderten über belanglose Dinge. Als sie die Insel etwa zur Hälfte überquert hatten, erreichten sie einen hübschen und einladenden Park. Sie stiegen am Flussufer ab, und plötzlich schien Sebastian ein bisschen nervös. Offenbar lag ihm etwas auf der Seele.

»Alex, ich möchte Sie etwas fragen. Ich weiß gar nicht, wie ich anfangen soll, und hoffe, dass Sie mich nicht falsch verstehen …« Er zögerte einen Augenblick. »Ist es eigentlich normal für Sie, mit einem Ihrer Studenten eine Fahrradtour zu unternehmen?«

Er musterte sie aus dem Augenwinkel und fühlte sich sichtlich unwohl.

»Ehrlich gesagt, mache ich das zum ersten Mal, Sebastian. Warum fragen Sie mich das?«

Alex war mindestens so nervös wie er, wenn nicht sogar

noch nervöser, aber sie bemühte sich mit aller Kraft, es nicht zu zeigen.

»Weil ... Also, ich habe da ein kleines Problem. Ich weiß leider gar nichts über Sie oder über Ihr Privatleben, aber ...«

Er zuckte leicht zusammen und starrte auf den Fluss.

»Seit Beginn des neuen Collegejahres habe ich mich sehr seltsame Dinge gefragt. Vielleicht geht ja nur meine Fantasie mit mir durch, aber mir scheint – oder zumindest hoffe ich – dass, äh, dass ...«

Er holte tief Luft, als müsste er neuen Mut tanken.

»Also, es ist schlicht und ergreifend so, dass ich Sie gern besser kennen lernen würde ... Ich finde Sie umwerfend und großartig, und seitdem ich Sie zum ersten Mal gesehen habe, muss ich dauernd an Sie denken ... Uh! Jetzt halten Sie mich bestimmt für einen Idioten. Oder Sie denken sich im Stillen ›Schon wieder so ein lästiger Teenager, bei dem die Hormone verrückt spielen‹, aber ich, äh ...«

»Aber nein, Sebastian. Sie sind für mich alles andere als ein lästiger Teenager ... Im Gegenteil! Auch ich habe seit Beginn des neuen Collegejahres dauernd an Sie denken müssen. Sie können sich gar nicht vorstellen, was für Gedanken ich mir über Sie gemacht habe!«

»Okay, okay. Hab ich's mir doch gedacht ... Sie müssen nicht weiterreden. Es tut mir Leid, dass ich Sie mit meiner pubertären Begriffsstutzigkeit belästigt habe. Wie konnte ich so naiv sein und mir einbilden, dass eine Frau wie Sie Interesse an mir haben könnte!«

»Verstehen Sie mich doch nicht falsch! Ich *habe* Interesse an Ihnen – sehr großes sogar! Ich dachte, ich sei die Verrückte, als ich mir eingebildet habe, dass ein gut aussehender, intelligenter junger Mann wie Sie Gefallen an mir finden könnte. Schließlich bin ich doppelt so alt wie Sie. Ich könnte mir vorstellen, dass Ihre Kommilitoninnen bei Ihnen Schlange stehen.«

Sebastian ging zu ihr und brachte sie ohne jede Vorwarnung

mit seinen Lippen zum Schweigen. Selbst in diesem Augenblick noch sträubte sich alles in Alex gegen ein Verhältnis mit diesem jungen Mann ihrer Träume. Doch sein leidenschaftlicher Kuss löste einen derart überwältigenden Gefühlsrausch in ihr aus, dass jegliche Widerstandskraft dahinschmolz. Sie gab sich dem Glück hin, ihn endlich mit Haut und Haaren kennen lernen zu dürfen, und ging ziemlich schnell genauso zur Sache wie er. Dabei fühlte sie sich wie eine Vierzehnjährige, die zum ersten Mal heimlich knutschte. Nie zuvor hatte es ein Mann geschafft, ein solches Feuer in ihr zu entfachen ... Er nahm sie in seine kräftigen Arme und massierte ihr den Rücken und die Schultern hart und zärtlich zugleich. Nach den vielen Monaten der Abstinenz spürte Alex heftige Wellen der Lust über sich zusammenbrechen. Sie rang nach Luft, doch ihre hemmungslose Begierde machte ihr das Atmen schwer. Sie wollte nur noch ihre Lippen auf seinen spüren, seine herrlichen goldenen Locken um ihre Finger wickeln und sich diesem starken jungen Körper hingeben, von dem sie schon so lange geträumt hatte. Ihre Brüste begannen anzuschwellen, ihre Schenkel brannten, und ihr Unterleib zuckte vor Lust. Sie war kurz davor, jegliche Bedenken im Hinblick auf ihr Treiben mit diesem jungen Mann über Bord zu werfen, und am liebsten hätte sie ihm sofort die Kleider vom Leib gerissen, um ihn zu besteigen und wie eine Wilde zu reiten ...

Als sie für den Bruchteil einer Sekunde die Augen öffnete, sah sie ein älteres Ehepaar, das eine Bank nicht weit von dort entfernt ansteuerte, wo sie und Sebastian am Boden lagen und heftig fummelten. Sie sprang auf wie ein in flagranti ertapptes Schulmädchen, eilte zu der Balustrade am Flussufer, lehnte sich dagegen und starrte angespannt auf das fließende Wasser. Sebastian gesellte sich zu ihr, wagte aber nicht, ihr zu nahe zu kommen. Als er schließlich die Sprache wieder fand, klang er ziemlich gequält.

»Tut mir Leid. Ich konnte einfach nicht anders.«

Sie drehte sich um und sah ihn erstaunt an.

»Wieso entschuldigst du dich? Mir tut gar nichts Leid. Oder hattest du den Eindruck, dass ich mich zur Wehr gesetzt habe? Was wir gerade getan haben, habe ich mir seit mehr als einem Monat gewünscht. Aber ich bin ziemlich verwirrt. Mein Kopf spielt einfach nicht mit. Ich muss vorher wissen, was du von mir willst. Was hast du für Erwartungen? Bist du auf einen One-Night-Stand aus? Etwas anderes kann ich mir eigentlich nicht vorstellen ... Ich weiß ja nicht mal selbst, was ich von dir will. Im Grunde meines Herzens will ich wohl eher etwas Tieferes, eine feste Beziehung ... Aber ich habe Angst. Ich habe Angst, dass du eine hübsche junge Studentin in deinem Alter kennen lernst und mich sitzen lässt. Und ich habe Angst, mich lächerlich zu machen. Doch all meinen Ängsten zum Trotz begehre ich dich mit Leib und Seele ...«

»Du stellst dir viel zu viele Fragen. Im Augenblick zählt doch nur eins: dass wir beide zusammen sein wollen. Und an den Mädchen meines Alters verliere ich meistens nach einer Woche das Interesse. Ich brauche einfach mehr. Ich brauche eine Frau, eine richtige Frau, die mehr für mich ist als nur eine Bettgespielin. Eine Frau, mit der ich über alles reden kann und die daran interessiert ist, sich mit mir auszutauschen. Und zwar nicht nur über Schauspieler, Rockstars oder Mode ... Ich will dich, Alex. Was in zwei Monaten oder in zwei oder in zwanzig Jahren ist, kann keiner von uns voraussehen. Das ist so oder so völlig offen. Was haben wir schon zu verlieren? Meinst du wirklich, wir riskieren viel mehr als irgendein anderes x-beliebiges Paar, das eine Beziehung beginnt?«

Was hatte sie zu verlieren? Diese Frage hatte sie im Laufe des vergangenen Monats ziemlich oft gehört, doch erst in diesem Augenblick schmolzen auch ihre letzten verbliebenen Skrupel dahin. Sie sah Sebastian verliebt in die Augen und küsste ihn auf seine vollen, weichen Lippen. Ohne ein weiteres Wort gingen sie zu ihren Fahrrädern und fuhren zurück in die Stadt. Sebastian trat in die Pedale, lenkte sein Fahrrad neben sie und nahm sie bei der Hand.

»Fährst du hinter mir her?«

»Gern.«

Er lebte in einem Dachgeschoss-Studio im alten Teil der Stadt. Durch die riesigen Fenster fiel jede Menge Licht in den großen Raum, der gerade von den Strahlen der untergehenden Sonne durchflutet wurde. Er schloss die Tür hinter ihnen, nahm sie in die Arme, und sie machten sofort da weiter, wo sie im Park aufgehört hatten. Während er sie mit der einen Hand an den Hüften hochhob, fingerte er mit der anderen an den Knöpfen ihrer Bluse und öffnete sie. Verglichen mit ihm kam Alex sich winzig vor; er schien sie ohne die geringste Mühe tragen zu können. All ihre Träume und Fantasien der vergangenen Wochen kamen in ihr hoch ... Sie klammerte sich an seine breite tröstende Schulter und hätte ihn am liebsten nie wieder losgelassen. Schließlich ließ sie ihre kleinen Hände seinen muskulösen Nacken hinaufwandern und wickelte seine herrlichen Locken um ihre Finger. Er trug sie zu einer großen, auf dem Boden liegenden Matratze und legte sie äußerst behutsam darauf. Dann kniete er sich neben sie.

Er betrachtete sie intensiv mit seinen strahlend grünen Augen und beugte sich zu ihr herab.

»Ist alles okay? Oder hast du deine Meinung geändert?«

»Wenn du jetzt aufhörst, lasse ich dich durchfallen.«

Sein Gesicht war ganz nah, und sie musste ihm unweigerlich in die Augen blicken. Sie sah eine Mischung verschiedenster Gefühle, unter anderem Neugier, Schüchternheit, heftige Begierde, aber auch einen Hauch von Schmerz ... Plötzlich lief ihr ein Schauer über den Rücken. Nach so vielen Monaten ohne jeglichen Körperkontakt schien ihr ganzer Leib auf einmal vor Lust und Verlangen auseinander gerissen zu werden. Ihre letzten verbliebenen Ängste lösten sich in nichts auf, und sie ging selbstbewusst in die Offensive. Dieses Vergnügen würde sie sich gönnen und in vollen Zügen genießen, egal wie kurz es auch sein mochte und was immer die Konsequenzen waren. Sie bat ihn, sich vor ihr auszuziehen. Er wurde knallrot, doch er stand auf und schlüpfte aus seinem Pullover, sodass sie seinen gelenkigen, kräftigen Rumpf und seine strammen Bauchmuskeln bewundern konnte. Er hatte genau die richtige Bräune, jenen warmen, goldbraunen Ton, der davon zeugte, dass er viel Zeit im Freien verbrachte. Er setzte sich aufs Bett, und Alex bewunderte seinen verlockenden, v-förmigen Rücken und ließ ihre Hände zu seiner schmalen Taille hinuntergleiten. Sebastian war wunderschön! Einen Körper wie diesen hatte sie noch nie gesehen, außer vielleicht in einer Kunstgalerie … Er schlüpfte jetzt aus seiner Hose und enthüllte sein perfektes, wunderbar anzusehendes, ungebräuntes Hinterteil. Seine Erektion war ziemlich beeindruckend, obwohl er nicht die Proportionen zu bieten hatte, die Alex ihm in ihrer wilden Fantasie zugedacht hatte. Er legte sich auf die Matratze und bat sie, sich jetzt ebenfalls vor ihm auszuziehen. Sie zögerte und nahm ihn bei den Armen.

»Ich bin nicht mehr zwanzig, Sebastian. Komm her!«

Er beharrte nicht auf seinem Wunsch. Stattdessen nahm er es selbst in die Hand, sie zu entkleiden. Er zog ihr die Bluse aus und ließ seine Hand zärtlich an ihr heruntergleiten, um ihre Hose zu öffnen und sie langsam über ihre Schenkel nach unten zu schieben. Dabei küsste er jeden Zentimeter neu entblößter Haut. Als sie schließlich nackt war, nahm er sie von Kopf bis Fuß in Augenschein.

»Du bist wirklich schön, Alex! Viel schöner noch, als ich es mir vorgestellt habe …«

Er legte sich auf sie. Ihr wesentlich zierlicherer Körper verschwand unter seiner riesigen Statur, als er sie fest umarmte. Sie konnte es kaum noch abwarten … Sie wollte ihn in sich spüren, endlich von der Qual des Alleinseins befreit werden. Doch er ließ sie zappeln. Er ließ seine Hände unter ihren Rücken gleiten, hob sie an, sodass nur noch ihre Schultern auf dem Bett lagen, und spreizte ihre Beine. Dann küsste er ihre Schenkel und ließ seine vorwitzige Zunge immer weiter hinaufgleiten, bis sie schließlich ihren ausgehungerten Schoß erreichte. Er legte ihren Rücken auf seine verschränkten Beine und massierte sie sanft, ließ seine geschickten Hände nach oben zu ihren Schultern wandern, zog sie hoch und küsste ihr Gesicht, ihre Augen und ihren Hals. Sie bettelte ihn an, sie endlich zu nehmen …

Anstatt ihr den Wunsch zu erfüllen, legte er behutsam ihre Beine zurück auf die Matratze und stand auf. Alex sah ihm hinterher, wie er zu einer Kommode ging und eine Flasche aus einer Schublade holte. Er kam zurück, kniete sich zwischen ihre erwartungsvoll geöffneten Beine und bat sie, die Augen zu schließen. Die Sonne wärmte ihre vor Erregung bebende Haut, und dann spürte sie, wie eine ölige Flüssigkeit zwischen ihre Brüste geträufelt wurde und ihr den Bauch hinunterrann. Sebastian benetzte sich die Finger mit dem duftenden Öl und knetete sanft ihre Nippel und ihre Brüste. Dann ließ er seine Hände langsam weiterwandern zu ihren Schultern, Armen, Armbeugen und hinunter zu ihrem Bauch … Er kippte noch ein bisschen Öl auf die Seiten ihrer Taille. Die herunterrinnenden Tropfen ließen sie vor Wonne erbeben. Seine Hände glitten noch weiter hinunter und erreichten endlich ihre weit geöffneten Schamlippen. Als er mit den Fingern die Konturen ihrer Vulva erkundete, glaubte sie, im siebten Himmel zu schweben. Sie spürte, wie sich das Massageöl mit ihren eigenen süßen Ausdünstungen vermischte und die von ihrem Liebesspiel aufgeheizte Duftmischung von ihren Körpern aufstieg. Sebastian legte sich wieder auf sie und rieb sich sanft an ihr, um sich selber einzuölen. Während er über ihren Körper glitt, tauchte Alex ihre Finger ebenfalls in das Öl und strich ihm genüsslich über den Rücken. Nach einer Weile griff Sebastian erneut nach der Ölflasche und zog das Becken seiner

Dozentin noch näher zu sich heran. Seine Hände glitten langsam an ihrem Bauch herab, und nach einer Ewigkeit drang er im Zeitlupentempo mit einem Finger in sie ein und kostete mit der Zunge die cremige Mischung, die an der Innenseite ihrer Schenkel hinunterrann. Als seine Lippen schließlich auf ihren Schamlippen ruhten, glaubte Alex von Stromstößen durchzuckt zu werden. Offenbar legte er es darauf an, sie vor Verlangen in den Wahnsinn zu treiben. Er streichelte sie mit der Zunge und liebkoste ihren glänzenden, eingeölten Körper. Dabei konzentrierte er sich voll auf sein Werk und verkostete jeden einzelnen Zentimeter von ihr mit seinem heißen nassen Mund, als ob es sich bei ihrem Körper um die zarteste und köstlichste Frucht unter der Sonne handelte. Als er die Zeit für gekommen hielt, zog er sie vom Bett, lehnte sie gegen die Wand und hob sie mühelos hoch, um ihre Liebesspalte vorsichtig auf der Spitze seines knochenharten Schwanzes zu platzieren, sie hinuntergleiten zu lassen und Millimeter für Millimeter in sie einzudringen.

Alex konnte nicht genug von ihm bekommen. Sie lechzte nach seinem Mund, seinem Geruch, seiner Haut, seinen erstaunlich kräftigen Schultern und den nie müde werdenden Armen, die sie hochhielten und sie eins mit ihm werden ließen. Nachdem er, wie es ihr schien, eine Ewigkeit immer tiefer in sie hineingeglitten war, spürte sie seinen harten Schwanz endlich in voller Pracht und Länge in sich. Sebastian verharrte ganz still und begnügte sich für einen Augenblick damit, sie nur anzusehen. Dann lächelte er und küsste sie und begann sie mit erquickenden rhythmischen Bewegungen auf seinem steil aufgerichteten Schwanz hoch- und runterzuheben. Sie schlang ihre Beine um seine Taille, presste sich gierig an ihn und jauchzte vor Lust, als ihre eingeölten und vor Erregung aufgerichteten Nippel seine Brust berührten. Ihr Körper schien zu schweben; er hatte all seine Substanz verloren und war von einer weichen warmen Wolke umgeben. Sebastian beschleunigte seinen Rhythmus. Sie stöhnten vor Lust und zitterten und bebten und gaben sich schließlich beide den Wellen eines überwältigenden Orgasmus hin.

Während der folgenden drei Wochen trafen sie sich jeden Abend bei ihm oder bei ihr, und jede ihrer Begegnungen schien aufregender als die vorherige. Sie verbrachten ganze Nächte damit, sich in jeder vorstellbaren Position zu lieben und jede erdenkliche Technik auszuprobieren.

Alex ahnte, dass etwas nicht stimmte, als Sebastian immer häufiger zu spät zu ihren Verabredungen kam. Seine Entschuldigungen klangen immer plausibel, doch seine Augen verrieten ihn ... Dann wollte er sich auf einmal in immer größeren Abständen mit ihr treffen. Schließlich war sie felsenfest überzeugt, dass genau das eingetreten war, was sie von Anfang an befürchtet hatte: Er würde sie bald gegen eine jüngere, anziehendere, knackigere Frau eintauschen, bei der die ersten Falten noch in weiter Ferne waren. Eines Abends beschloss sie, Klartext zu reden. Sie hatten sich eine ganze Weile geliebt, doch sie spürte, dass er mit seinen Gedanken woanders war. Obwohl sie fürchtete, dass ihr womöglich das Herz versagte, fragte sie ihn geradeheraus, ob er eine Frau in seinem Alter getroffen habe, mit der er zusammen sein wolle. In seiner Antwort schwang Verärgerung mit.

»Nein. Wie kommst du darauf? Was soll ich denn mit einem jungen Küken anfangen? Vergiss es! Wieso glaubst du mir nicht, dass mich jüngere Frauen total kalt lassen?«

Hatte sie etwas falsch gemacht oder etwas Falsches gesagt? Sie versuchte die Sache rational anzugehen. Vielleicht brauchte er einfach mehr Freiraum. Doch eines Abends, als sie eigentlich gemeinsam ins Kino gehen wollten und er wieder einmal nicht pünktlich erschien, drehte sie endgültig durch. Sie war jetzt absolut sicher, dass etwas nicht stimmte. Wahrscheinlich traute er sich nur nicht, ihr die Wahrheit zu sagen, weil sie das gleiche Drama schon einmal mit ihrem Ehemann durchgemacht hatte, dem einzigen anderen wichtigen Mann in ihrem Leben. »Na schön, dann hab ich wohl mal wieder Pech gehabt«, versuchte sie ihren Kummer herunterzuspielen und beschloss halbherzig, ohne ihn ins Kino zu gehen. Sobald er den Mut hatte und ihr seine neue Liaison eingestand, würde sie dieses Mal wenigstens gewappnet sein. Sie marschierte zuversichtlichen Schrittes in Richtung Kino und fühlte sich in gewisser Hinsicht sogar ein bisschen erleichtert: Dieses Mal konnte sie sich immerhin sagen, dass sie es ja gleich hätte wissen müssen, und musste es sich nicht von jemand anderem sagen lassen!

Der Abend war klar und kalt, und von ihrem Haus bis zum Kino brauchte sie nur ein paar Minuten. Es gab keine Schlangen, sodass sie zügig in den Saal gehen und sich einen Platz suchen konnte. Sie legte ihren Pullover auf ihren Sitz und ging noch einmal raus, um sich etwas zu trinken zu holen. In dem Augenblick entdeckte sie ihn. Er wandte ihr den Rücken zu, und er war mit seiner neuesten Eroberung da. Sie war kaum größer als Alex ... Obwohl ihr Gesicht verdeckt war, war Alex sicher, dass sie nicht älter als achtzehn oder neunzehn sein konnte. Sie war am Boden zerstört. Also hatten sich ihre schlimmsten Befürchtungen offenbar bewahrheitet, doch in ihre Bestürzung mischte sich auch ein Hauch von Unverständnis. Auf einmal kam ihr ungebeten dieser dumme Spruch in den Sinn und nagte an ihr, diese bohrende Frage, die sich alle Frauen mindestens einmal im Leben stellen, wenn sie versuchen, ihren Liebeskummer zu überwinden: »Was hat sie, das ich nicht habe?« Und wenn sie ehrlich war, konnte sie auf diese Frage keine Antwort finden. Er hätte unter unzähligen großen, schlanken und hübschen Studentinnen freie Auswahl gehabt. Doch diese Frau war definitiv eher von der kleinen Sorte, und sie gehörte mit Sicherheit nicht zu den schlanken Exemplaren ... Sie trug Jeans, die ihrem Hintern absolut nicht zum Vorteil gereichten, und als Sebastian sie hochzog, um sie zu küssen und an ihrem Nacken zu knabbern, musste sie sich in geradezu lächerlicher Weise auf die Zehenspitzen stellen, um überhaupt an sein Gesicht heranzureichen. Und das war noch nicht einmal das Schlimmste …

Als das Paar sich umdrehte und in den Kinosaal ging, traf es Alex wie ein Fausthieb in den Magen und ein gleichzeitiger Schlag ins Gesicht.

Sie hatte mit ihm eine fantastische Zeit verbracht, und ihr war von Anfang an klar gewesen, dass es sich nur um eine vorübergehende Affäre handelte. Sogar mit der nagenden Eifersucht, die ihr jetzt zu schaffen machte, hatte sie im Grunde schon seit einer Weile gerechnet. Es war nur eine Frage der Zeit gewesen … Doch was ihr den Atem verschlug und sie vollkommen fertig machte, war die Tatsache, dass sie die Frau kannte, mit der er da zusammen war … Und diese Kreatur, die da in so erbärmlicher Weise an seinem Arm hing, war alles andere als ein hübsches junges Ding … Alex und sie waren nicht befreundet. Im Gegenteil. Aber sie war nicht nur kein Model und erst recht keine Schönheitskönigin, sondern sie war so ziemlich die letzte Frau, die Alex an seiner Seite erwartet hätte. Sie war eine Frau, die vollmundig herumposaunt hatte, keinen Mann zu brauchen … Eine Frau, die jedem, der ihr zuhörte, in endlosen Litaneien herunterbetete, dass flüchtige Zufallsaffären die Pest seien …

Und hier war sie und stellte ihre scheinheilige Heuchelei für jedermann sichtbar zur Schau! Sie hatte ihr Sebastian direkt unter den Fingern weggeschnappt, diesen jungen Mann, von dem Alex so viel gelernt hatte. Sie war kein bisschen hübscher oder attraktiver als beim letzten Mal, als Alex sie gesehen hatte. Es musste nahezu genau ein Jahr her sein. Alex, Peter und ein paar andere waren von einem gemeinsamen Freund zusammengetrommelt worden, um den Geburtstag dieser Frau zu feiern – ihren neunundvierzigsten!